一个陌生女人的来信

茨威格中短篇小说选

[奥] 斯蒂芬·茨威格——著
王晋华 / 韩正——译

民主与建设出版社
·北京·

© 民主与建设出版社，2020

图书在版编目（CIP）数据

一个陌生女人的来信：茨威格中短篇小说选 /（奥）斯蒂芬·茨威格著；王晋华，韩正译. -- 北京：民主与建设出版社，2020.5（2022.10重印）

ISBN 978-7-5139-2992-9

Ⅰ.①一… Ⅱ.①斯…②王…③韩… Ⅲ.①中篇小说—小说集—奥地利—现代②短篇小说—小说集—奥地利—现代 Ⅳ.①I521.45

中国版本图书馆CIP数据核字（2020）第050674号

一个陌生女人的来信：茨威格中短篇小说选
YI GE MOSHENG NÜREN DE LAI XIN
CIWEIGE ZHONGDUANPIAN XIAOSHUOXUAN

著　　者	（奥）斯蒂芬·茨威格
译　　者	王晋华　韩　正
责任编辑	吴优优
装帧设计	知书达礼·姜丽莎
出版发行	民主与建设出版社有限责任公司
电　　话	（010）59417747　59419778
社　　址	北京市海淀区西三环中路10号望海楼E座7层
邮　　编	100142
印　　刷	三河市骏杰印刷有限公司
版　　次	2020年5月第1版
印　　次	2022年10月第2次印刷
开　　本	880毫米×1230毫米　1/32
印　　张	7
字　　数	112千字
书　　号	ISBN 978-7-5139-2992-9
定　　价	49.80元

注：如有印、装质量问题，请与出版社联系。

目录

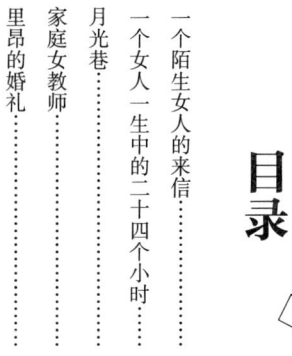

一个陌生女人的来信……001
一个女人一生中的二十四个小时……061
月光巷……151
家庭女教师……179
里昂的婚礼……205

一个陌生女人的来信

著名小说家R到山中度假走了几天。今日清晨他返回了维也纳,在火车站买了份报纸,瞥了一眼报上的日期,才想起今天是他的生日。"四十一岁了!"——这一意识像一道光在他脑中闪过。对此他既没有感到高兴,也没有感到难过。他叫了一辆出租车,一边乘车往家走,一边浏览着报纸。到家后,仆人告诉他,在他不在时有几个客人来过,另外还有个电话留言。桌上放着一摞子信函。他漫不经心地翻着这些信件,有几封信皮上的寄件人引起了他的兴趣,他随即打开了它们,之后,看到一封里面装得鼓鼓囊囊、字体又很陌生的来信,便把它放到了一边。他舒适地坐在一把扶手椅子里,喝着早茶,看完了报纸,又读了几份印刷品。临了,他点燃一支雪茄,转身拿起了刚才放在一边的那封信。

这几乎像是一部文稿而不是一封普通的信件了，长达几十页，是一位女子用钢笔草草写就的。他下意识地再次查看了一下信封里面，看看漏掉了什么附件没有。可里面什么东西也没有了，而且，无论是信封还是信纸上，都没有寄信人的地址和签名。"太奇怪了。"他这么想着，开始读起这封长信。信的抬头是这么写的：

"写给从来都不认识我的你。"他不禁感到有些纳闷。这封信是写给自己的，还是写给一个臆想中的主人公的？他的好奇心突然间被勾了起来，他开始一股脑儿地读了下去：

我的孩子昨天死了。为了这个脆弱的生命，我与死神整整搏斗了三天三夜。在流感引起的高烧让他滚烫的身体不住战栗着的四十多个小时里，我就坐在他的床边。我把浸过冷水的毛巾敷在他的前额上，不停地敷呀，敷呀，从白天敷到晚上，又从晚上敷到白天。我日夜握着他那双抽搐的小手。第三天晚上时，我的体力耗尽了。于不知不觉中我合上了眼睛，坐在硬板凳上的我一定睡着了有三四个小时。就在这中间，死神夺走了他的生命。他躺在小床上，我亲爱的孩子，像是刚刚停止了呼吸一样。只是他那双聪慧伶俐的黑眼睛闭上了，他的双手交叠着放在胸前。分别置在床栏四个角上的四支蜡烛燃着明亮的光儿。我不忍心去看他，也不忍心挪动一下身体，因为若是让烛光摇曳起来，他的面庞和紧闭的嘴唇上便会出现晃动的阴影，好像是他的五官在动起来一样，让我甚至去想他并没有死，他就会醒来，用他清脆的嗓音跟我说稚气、甜蜜的话儿了。然而，我知道他已经死了，我不愿意再去看他，免得我再次心存希望，又再次地失望。现在我知道了，我的孩子是昨天去世的。在这个世界上，我现在只剩下了你一个人，你这个与我素昧平生的人，你这个无牵无挂、尽情享受生活、嬉戏人生的人。我只剩下了你，这个从来也不认识我的你，我一直都无法不去爱的你。

我点燃了第五支蜡烛，坐在桌前给你写这封信。我不能孤零零地和我死去的孩子待着而不把我的心事倾吐出来，可在这一无比凄凉的时刻，除了跟你——你过去是我的一切，现在依然是——倾诉，我还能向谁倾诉呢？或许，我无法将我自己向你解释清楚。或许，你最终也不会了解（理解）我。我的头感觉沉甸甸的，我的太阳穴在突突地跳，我的四肢疼痛难忍。我想我一定是在发烧了。流感正在我们这一地区蔓延，或许我也被感染上了。如果我能就这样随我的孩子一起走了,而不再苟活于世上,我也不会感到难过的。有时候我眼前一阵阵发黑,也许我写不完这封信就离开人世了;不过,我还是要使出我全身的力气试一试,抓住这唯一的一次机会向你诉说,向你这个从不认识我而我又深爱着的人倾诉。

我只想对你一个人说,第一次把一切都告诉你。我想让你知道我的一生,我这一生始终都是属于你的,只是你对此从不知晓。只有待我死后,你才会知道我的秘密,到那个时候你再也无须予以答复。现在,我的肢体忽冷忽热,只有当这病魔真的结束了我的生命,你才会知道我的秘密。若是老天不让我死,我还得活着,我将撕掉写下的这封信,继续沉默下去。 一旦这封信到了你手里的时候,你就该知道是一个已死去的女人在向你讲述她的一生,她这一生自始至终,即便是在其弥留之际,都是属于你的。对我的话你完全不必有任何的顾虑和担心。一个死去的女人什么也不需要了,无论是爱情,同情,还是慰藉,都不需要了。对你我只有一个请求,就是请你真诚地相信我内心的痛苦迫使我向你吐露的这一切。请相信我所说的话,因为我对你再也没有别的任何祈求;一个守在她独子的灵床前的母亲是不会说假话的。

我这就把我的一生讲给你听,说实话,我的一生是从第一次见到你的那一天才真正开始的。我对自己之前经历的记忆都是灰暗,模糊不清的,我记忆中的东西就像是一个里面布满灰尘,蜘蛛网和充斥着乏味的人和事的地窖——一个似乎与我完全无关的地方。你进入我生活的那一年,我十三岁,那时我就住在你现在还住着的公寓楼里,你现在正是在那儿读着这封信——我生命最后时刻吐露出来的心声。我家也住在那一层上,和你正好是门对门。你肯定早就忘记我们家了,早就忘记了那个总是穿着磨破了的孝服的会计师的寡妇和那个还在发育中的瘦弱女孩。我们深居简出,过着寒酸且又死要面子的小市民生活。你或许从未听到过我们的名字,因为我们的门上没有挂牌子,也没有任何人来看望我们。更何况,这是很久以前,十五六年前的事情了,你不可能记得的。可我却热烈地记着这一切。就仿佛发生在昨天一样,我清楚地记着第一次听说你、第一次见到你的情形。我怎么可能不记得这一切呢?因为对我来说世界是从那一刻才开始的。耐心点儿,让我把这一切从头到尾地讲给你听。请不要着急,因为我不会占用你太多的时间,何况,我是忠贞不渝地爱了你一辈子。

在你搬来之前,住你这套公寓房的那家人很粗鲁,总是吵架。尽管他们家穷得也是叮当响,可还要嫌我们家穷,我们对他们家是避而远之。这家丈夫常常酗酒,殴打他的妻子。深夜里,我们经常被那家人摔家具、砸盘子的丁零当啷声惊醒。有一次,他妻子被打得血流满面,披头散发地跑到楼道里,醉酒的丈夫追了出来对她又打又骂。直到邻居们都出来警告那男子,要是再闹就叫警察了,他才住手。我母亲根本不和这家人打交道,也不让我跟他们家的孩子玩,为此,一有机会这家的孩子就对我报复。街上碰到我时,总要骂我,有一次,他们扔硬实的雪球打我,把我的前额上砸了个口子。这座楼里的每个人都讨厌他们,所以当他们家出了什么事不得不搬走时——我想是因为丈夫偷窃被抓了——我们大家都松了一口气。后来的几天里,公寓楼的门上贴出了"招租"的广告。很快这个广告就被撤了下来,公寓楼的管理员对我们说,租这套房子的是一个仍单身的作家,再吵得四邻不安的情况肯定是不会有了。这是我第一次听到你的名字。

没过几天,这套房间就被打扫得干干净净,随后装潢的人和油漆工开始过来干活。当然啦,他们敲敲打打的,弄得动静挺大,可我母亲还是很高兴,因为对门的那个又乱又脏的人家终于搬走了。在你收拾家和搬家的那段时间，我没有看到你。装修房子和置办家具都是你的仆人帮你打理的，你的仆人是个头发灰白、神情严肃的小个子男人，从他的神态举止便能看出他总是服侍大户人家的。他做事干练，周全，给我们留下很深的印象。像这类有教养的仆人管家在我们这些郊区的公寓楼里还是难得一见的。更何况，他对人客气有礼，跟那种见了人就套近乎、就大呼小叫的普通仆人完全不同。从一开始，他对我母亲就很尊重，像对待一位尊贵的女士那样；对我这个小女孩，也总是彬彬有礼。每逢提到你的名字时，他总是带着崇敬，表现出一个家臣对主人的那种感情。为此我很喜欢这个善良的老约翰，尽管同时又嫉妒他，因为他总能陪在你身边，服侍你。

你知道我为什么要告诉你这些琐屑的事情吗？我想让你明白，从一开始你对我这个害羞胆怯的小女孩就具有磁石般的吸引力。实际上在我还没有见到你这个人之前，你的头上已经有了一道光环。你被罩在财富、奇异和神秘的晕光里。生活圈子狭小的人们对什么都会感到新奇。住在这栋郊区公寓楼里的我们都在急切地等待着你的到来。就我自己而言，当有天放学回家看见楼前停着一辆搬运家具的汽车时，我的好奇心陡然升到了顶点。那个时候，笨重的大件都已经抬了上去，工人们正在搬小件的物品。我站在门口，用羡慕的眼光瞧着，因为这楼前属于你的每件物品都与我之前见过的大不相同。这其中有印度神像，意大利雕塑，色彩鲜亮的巨幅画像。最后是书，装帧漂亮的书籍，多得令我难以想象。它们就堆在楼门口。你的仆人正站在那里小心翼翼地一本一本地掸掉书上的灰尘。我贪婪地望着那些越摞越高的书。你的仆人并没有叫我走开，可也没有对我的行为表示赞许，所以我不敢用手去触碰它们，尽管我是那么想要摸摸那些光光的皮质封面。我怯生生地瞟了几眼书名，许多书的封面上都是写的法语和英语，这两种语言我连一个字也不认识。我想，我会一直站在那儿看上几个小时的，可母亲在喊我了，我只好进去了。

虽说我还没有见过你，可那天的整个晚上我都在想着你。我自己只有十几本廉价书，尽管它们硬纸板的封面已磨损得不成样子，可我喜欢它们仍胜过喜爱世界上任何其他的东西。我对它们一读再读，爱不释手。于是我在想，有这么多的藏书，阅读如此广博，通晓那么多种语言，那么富有同时又那么有学问的一个人，他的长相会是什么样呢。拥有那么多的书籍，令我心中滋生一种少有的崇敬之情。我试图在脑海中勾勒出你的形象。我想你一定是位老者，戴着一副眼镜，留着长长的白胡须，就像我们的地理老师那样，可要比他好看、友善、温和得多，我不知道为什么我会那么肯定地认为你一定很帅气，因为我还把你想象成是一位老人呢。就在这天晚上，我第一次梦见了你。

第二天，你住了进来；尽管我一直留意着，可还是没能见上你的面，这更加激起了我对你的好奇心。终于在你搬来的第三天我见到了你。我惊讶极了，你与我孩子气的头脑中所想象出的年迈教父的形象截然不同。我原先想象的你是一位戴着眼镜的和蔼可亲的老者，现在见了面，才知道你是那么英俊潇洒的一个年轻人——你的容颜还跟那时一样，因为岁月从不败英才。你穿着一套浅棕色的运动服，身体仍像个男孩那般轻巧敏捷，上楼梯一步就迈几个台阶。当时你把帽子拿在手里，于是，我不胜惊讶地看到了你光亮、生动的面庞和秀美、富于光泽的头发。你挺拔、修长、毫无瑕疵的身材也令我感到惊诧。说来也奇怪，在那一瞬间，我竟然一下子便意识到你身上的那一令我和众人总是诧异不已的品性。意识到你是个具有双重人格的年轻人：你热情奔放、生性追求快乐，耽于玩乐，热衷于冒险；与此同时，你对待事业又十分严肃、富于很强的责任感，是一个博学、有很高文化修养的年轻人。于不知不觉中，我洞见到了每个认识你的人都终将会在你身上发现出来的东西：你过着两种不同的生活。一种是大家都知道的，对世人完全开放的；另一种是避开世人的，只有你自己了然于心。我，一个像着了魔似的被你迷住了的十三岁女孩，一眼便洞悉了你生活上的这个秘密，洞悉了你这一人格上的分裂和两重性。

你现在明白了吗，对当时的我来说，你像是个天大的谜团勾着我的魂儿。一个大家提起时都心怀敬意的人——因为他写书，因为他名声远播。突然一下子，出现在我眼前的这个他却是个带孩子气的、欢快的，只有二十五岁的年轻人。我几乎无须告诉你，从此以后，身在狭小天地里的我便把全部兴趣都放在了你身上；我以一个十三岁女孩具有的忠贞，让我的生活完全围绕着你的生活去转。我注意你，留心你的起居和那些前来拜访你的人——所有这些都越发增加而不是减少了我对你人格的兴趣，因为从来你家的形形色色的客人身上折射出了你性格上的两重性。客人中有一些是年轻人，你的同事，穿着较为随意的学生，你跟他们纵情地谈笑。有一些是坐小车来的贵夫人。有一次你家里还来过歌剧院的一位非常著名的指挥——我以前只是远距离地看到过他在台上拿着指挥棒在指挥。还有一些是仍在商校上学的女孩,她们面带羞涩,悄悄地溜进你的房门。你的很大一部分来客是女士。对此,我根本没当回事,甚至当有天早晨上学时我看到一位蒙着面纱的女士从你家里出来,我都没有在意。尚未步入青年期的我一点儿也没有意识到,自己这一急切窥视你一举一动的好奇心已经是爱情了。

可我知道我是在哪一天,哪一刻,把自己的心完全给了你的。我和一个同学放学回来,正站在公寓楼门前聊天。一辆轿车开过来停下。你从车里跳出来(你那轻盈敏捷的动作至今令我难忘),要进到楼里去。我不由自主地去为你打开楼门,这样我正好挡在了你的道上,我俩几乎撞了个满怀。你用那种诚挚、温馨、爱抚和包容的目光,扫了我一眼。你冲我温柔地笑着——是的,除了温柔这个词,我再想不出用别的词来形容——轻轻地甚至是亲昵地对我说,"太谢谢你啦"。

事情的经过就是这样。可从那一刻起,从你那么温柔,那么亲昵地看了我一眼后,我就是你的了。后来不久我便发现,对跟你有接触的所有女性,你都是这样去瞧她们的。这是一种爱抚和撩人的目光,是天生诱惑者的目光,能穿透女人的心灵。对卖给你东西的女售货员，对为你开门的侍女，你都会情不自禁地用这样的目光去看。这倒并不是因为你要有意识地去占有所有的这些女人，只是你的那向往异性的本能叫你的目光在看到女人时，会不由得充满了柔情和暖意。十三岁的我哪里能够想到这一层呢，我觉得我整个身心都沐浴在你热烈的情里了。我以为你这温柔只是对我的，对我一个人的。在这刹那间，我一个十来岁的女孩似乎一下子长成了一个女人，一个在以后的岁月里无论何时都是属于你的女人。

"那个人是谁？"我的女友问。起初我无法对她做出回答。我发现让我说出你的名字几乎是不可能的。你的名字在我心目中突然变得神圣起来，成了我的一个秘密。"噢，他是住在我们这栋楼里的一位先生。"我支支吾吾地说。"可在他看你时，你的脸为什么红得那么厉害呢？"我的这个同学有点儿刨根问底的执拗劲儿。我觉得她是在有意取笑我，在刺探我内心的秘密，这让我的脸变得更红了。我故意对她使起性子："你简直就是个傻瓜。"我气冲冲地说——我真想勒死她。她嘲讽地大笑起来，我憋着一肚子火不能发泄，眼睛里噙满了泪水。我把她丢在门口，自己跑上楼去了。

从那以后，我便爱上了你。我十分清楚你早已习惯了女人们对你说她们爱你。但是我相信，没有一个女人会像我这样全副身心地，这样既狂热又忠贞、谦卑地爱你。世上没有什么能与一个女孩暗暗怀着的爱恋相提并论。这是一种没有任何希望的卑躬屈膝的爱，它既持久又热烈；这种爱与一个成熟女人贪得无厌的、无节度的爱完全不同。只有孤独的孩子才会有这样的激情。其他的人会把他们的情感滥用在交友上，蚀耗在相互的倾诉中间。关于爱情，他们听到和读到的可以说是太多了，他们知道爱情迟早会降临在每个人的头上。他们玩弄爱情，就像摆弄一个玩具那样；他们夸示爱情，就像一个男孩炫耀他抽的第一支香烟。可我没有一个知己，也没有谁教诲或是告诫过我什么，在这方面我完全没有经验，什么也不懂。我鲁莽地去迎接我的命运。我心中的每一次涌动，在我身上所发生的一切，似乎全都与你、与我对你的想象有关。我父亲很久以前就死了，我母亲只是想着她的烦心事，想着靠她那点养老金来维持拮据的生活，因此她和一个在发育期的女孩很难有什么共鸣。对爱情我学校的同学像是比我懂得点儿，不过，却是持着一种玩世不恭的态度，我跟她们不太合得来，因为对我视之为至高无上的爱的激情，她们却不屑一顾。因此，在我心中澎湃的情感（在跟我同龄的其他女孩身上，这种情感都是分散着的）最终都集中到了你的身上。在我心里，你就是——我用什么做比喻才能表达出我的感情呢？对我而言，你就是我生命中的一切。在我看，世间万物之所以存在，都是因为与你有着关联。我生活中的一切只因与你相连才有意义。你使我完全变了个人。迄今为止，我在学校里毫不起眼，平平庸庸的。现在，突然之间，我的学习成绩成了第一名。我一本书一本书地读，每天读到深夜，因为我晓得你喜欢书。我母亲诧异地发现我又练起了钢琴，因为我想你可能喜欢音乐。我把我的衣服缝补得整整齐齐的，好让你看着顺眼点儿。想到我那条旧校裙（是用我母亲的一件便服改的）上的那块不小的四方补丁，我心里就不是滋味。我担心你看到那个补丁后厌恶我，所以走在楼梯里时，常常用书包遮挡在那块补丁上。我真的怕你万一看到了它。我多傻呀！自那以后，你几乎再也没有看过我一眼。

可我的日子却都用来等你，窥视你了。在我家的房门上有个猫眼，通过它可以看到对面你家的门。不要笑话我，亲爱的。就是现在，我也不为花在这猫眼上的时间感到羞愧。我家的门厅里冷冰冰的，我又担心引起母亲的怀疑。

然而，在以后的年年月月里，在那些个漫长的下午，我手里拿着书本，心像琴弦那样绷得紧紧的，一看到你出现，心儿就会发颤。我一直忐忑地守在那里，对此你当然毫无察觉，就像你对你口袋里怀表绷紧的主发条没有觉察一样，可它却在为你忠实地记录着时间，默默地（以一种几乎听不到的嘀嗒声）陪伴在你身边，在它几百万次的嘀嗒中间或许只能得到你匆匆的一瞥。我熟悉了你的一切，你的生活习惯，你所系的每一条领带，所穿的每件衣服。不久，对经常来你这里的客人也快要都认下了，在这些客人中间，有我喜欢的，也有我不喜欢的。从我十三岁长到十六岁的这四年中，我的每一个小时都是属于你的。什么样的蠢事我没有做过呢？我亲吻你触过的把手，我捡起你扔掉的烟蒂，对我来说，这烟蒂是神圣的，因为你的嘴唇曾吸过它们。有上百个夜晚，我借故跑到外面的街道上，去看你那间屋子里映出的灯火，虽说看不见你，却能让我更充分地感知到你的存在。在你外出的那几个星期里（在我看到约翰帮你提着旅行袋下楼的时候，我的心似乎都要停止跳动了），我的生活失去了一切的光彩和意义。我变得怏怏不乐，心里烦得要死，我徘徊反侧，不知道自己做什么才好，另外，还不得不堤防着不让我母亲看出我泪眼中的绝望神情。

我知道，我现在写在这里的东西听上去荒诞不经，都是一个女孩子的奇思怪想。我应该为此而感到羞愧，可我却没有愧疚之感，因为那个时候的我对你的爱最为纯洁、最为热烈。我可以跟你说上好几个小时，好几天，来告诉你，我是如何跟你生活在一起的，尽管你几乎还不认识我。当然了，你怎么会认识我呢？因为当我在楼道里碰到你而又躲闪不及时，我会赶忙从你身边低着头匆匆地走过去，免得与你那灼人的目光相遇，我匆忙的样子就像是一个为避免被烧焦而急着要跳进水里的人。我能几个小时几天地给你讲那些你早已忘怀的岁月，用年月日的方式展开你生活的全部画卷，不过，我不愿意用这些细节来令你厌烦。我要讲给你听的，只是我童年时期最美好的那次经历。请你务必不要嘲笑我，因为尽管你可能会认为它微不足道，可对我来说，它却具有天大的意义。

那一定是个星期天。你出门了，你的仆人开着房门，正在把拿到外面掸过的厚厚的地毯往屋里拖。地毯很沉，他有些力不从心，我鼓足勇气问他，他是否愿意让我帮忙。他不免感到有些意外，可并没有拒绝我。你怎么也想象不到，在我踏进你住所的那一刻，我是怀着怎样的敬畏和崇仰之情，看着你工作生活的这个世界——你写作时用的桌子（桌上的蓝水晶花瓶里插着几束鲜花），你墙上的画幅和你丰富的藏书。我只是偷偷地瞥了一眼，尽管要是我厚着脸皮提出多看一会儿的话，好心的约翰肯定也是不会拒绝的。不过，就这偷偷的一瞥也足以让我把你屋子的氛围吸进我的脑海中，为无论是醒着还是睡着的我提供了对你思念的无尽的营养。

这短暂的一分钟是我童年最快乐的时刻。我之所以告诉你这一点，是为了使不认识我的你终于可以开始理解，为什么我的生命会如此依恋于你。我想把我幸福的这一刻讲给你听，也想把紧跟在这后面发生的事情讲给你。正如我前面已经说过的，我的心思全放在了你身上，对其他的一切都无暇旁顾。对我母亲的行为，对来我家的客人，我都没有太去留意。我也没有注意到，这其中有一位年纪较长的先生——一位因斯布鲁克的商人，我母亲这边的一个远亲——经常来我家，一待就是很长的时间。有时候他带母亲到剧院去看戏，这让我倒挺高兴的，因为留下我一个人在家，我可以不受任何干扰地想你，无所顾忌地窥视住在对门的你，这几乎成了我唯一的乐趣。有一天，母亲郑重其事地把我叫到她的身边，说是有件重要的事情要跟我谈谈。我的脸唰的一下子变白了，觉得自己的心在咚咚地跳着。难道是她看出了什么？难道是我不小心暴露了自己的心思？我首先想到的就是你——我心中的秘密，这个维系着我生命的秘密。然而，倒是我母亲自己变得不好意思起来。以前母亲从不吻我的，这一回，她不止一次亲热地吻了我，把我拉到她坐的沙发跟前，开始有些吞吞吐吐地不无羞怯地对我说，她的那个亲戚是个鳏夫，已经向她求婚了，主要是为了我的缘故，她已决定接受了。由于焦急，我的心跳在加快，脑子里只是想着你。"我们还会住在这儿，是吗？"我支支吾吾地说。"不在这里住了，我们将去因斯布鲁克，斐迪南在那儿有栋漂亮的别墅。"我母亲后面说的话我一句也没有听到。我眼前似乎一下子变得一片漆黑。我事后才知道我当时是晕倒了。我紧握着双手抽搐着，像个铅块似的重重地摔倒在了地上。我无法告诉你这后来几天发生过的所有事情，无法告诉你，我一个尚不能为自己做主的孩子是如何徒劳地反抗着长者们的权威。即便是现在，一想到这件事，我的手仍要战栗，几乎写不出字来。我不能泄露内心的秘密，因此我的反抗似乎像是耍牛脾气，死犟。再没有人来劝我。一切有关搬家的事情都是背着我进行。我还能待在这个学校里的时间已经屈指可数了。每次放学回来，总有一些家具被卖掉，或是搬走。我的生活似乎被掰成了碎片，终于有一天在我晚饭时间回到家里时，搬家公司的人腾空了屋子里的家具。空荡荡的屋子里只有几只打包好的箱子和供母亲和我睡的两张行军床。我们将在这里睡最后一个晚上，然后就要到因斯布鲁克去了。

在这最后的一天，我突然下定了决心：离开你我活不了，我要生活在你的身边。你就是我的整个世界。很难说我当时在想什么，在那样一个绝望的时刻，很难说我的脑子还能不能够思考。母亲不在家。我站起来，没顾得上换下身上的校服，便朝着对面你的门走去。可我几乎很难说是走过去的。我身体僵直，四肢的各个关节都颤得厉害，我像是被一块磁铁吸到了你的门口。我想跪在你的脚下，恳求你让我做你的女仆，做你的奴隶。当然我也担心你会嘲笑我这个十几岁女孩的痴迷。可要是你知道我当时站在冰冷的楼梯口，胆怯得要死，却又被一种不可抗拒的力量驱使着（我的手仿佛是不由我做主地、自己抬起来去按门铃的），你也许就不会笑我了。我内心的斗争虽说只持续了几秒钟，却显得那么的漫长和痛苦；随后，我按响了门铃。那刺耳的铃声仍然还回荡在我的耳边。铃声过后，是一片寂静，静得让我的心脏都快要停止了跳动，在我等着你前来开门的那一刻，我浑身的血液都要凝固了。

然而，你并没有来开门。你的仆人也没有。那天下午你一定是出去了，约翰也一定不在屋里。我只好悄悄地又回到我们空荡荡的家里，刚才的门铃声依然响在我的耳侧。我筋疲力尽地倒在一块旅行毯上，到对门走的这几步路累得我浑身一点劲儿也没有了，就好像我在深深的雪地里跋涉了好几个钟头一样。然而，虽然已经疲惫不堪，可在被母亲带走之前要见你，要跟你诉说的决心则一点也没有变。我可以向你保证，在我的心里没有一丝儿对情欲的渴求，因为我还不懂，我一心只是想着你。我只想再一次见到你，然后依附于你。整个晚上我都在凄凄惶惶地等你，我母亲倒头就睡着了，我蹑手蹑脚地去到了门厅里，好能听到你回来时的脚步声。那是一月份里的一个寒风刺骨的夜晚。我四肢疼痛，又乏又累，家里连个坐的椅子都没有了，我只好躺在了地板上，从门下面的缝隙里吹进阵阵的冷风，冻得我浑身发抖。我穿着薄薄的衣服，躺在冰冷的地板上，身上什么也没有盖。我要让自己这样冻着，免得睡着了，听不到你回来的脚步声。在这寒冷凄凉的夜里，我身上冷得瑟瑟发抖；我不得不一次又一次地站起来，免得让自己冻僵了。我就这样像等待自己的命运的到来一样，等着，等着，等着你的归来。

终于（那时准是凌晨两三点钟了）我听到楼门被打开的响声和上楼梯的脚步声。冷的感觉一下子消失了，一股热流涌遍我的全身。我轻轻地打开房门，想着跑出去，让自己拜倒在你的脚下……真不知道在我那一疯狂念头的驱使下，我会做出什么事情来。脚步声渐渐地近了。有烛光摇曳着。我抖抖索索握住了门的把手。这是你在走上楼来了吗？

是的，是你，亲爱的；可你不是一个人。我听到轻佻的笑声，丝绸衣服的窸窣声和你低低的语声。有个女人跟你在一起……

我不知道那一晚剩下的时间我是怎么挨过去的。第二天早晨八点，他们带着我和他们一起前往因斯布鲁克。此时的我已经没有了一丝儿反抗的气力。

我的儿子昨晚死了。如果我真的还要继续活下去的话，我又将是孤零零的一个人了。明天一群着黑衣的粗鲁的陌生人将要带着一副棺材来家里，收殓我唯一的孩子。或许，也会有朋友们来，送来一些花圈——可即便棺木上放满鲜花，那又有什么用呢？人们也会对我说些安慰的话语。言辞，言辞，言辞！可言辞能有什么用呢？我又将会是孤零零的一个人。在人世间，没有什么比一个人生活更可怕的事情了。这是我在来到因斯布鲁克两年（从我十六岁到十八岁）的漫长岁月里所体悟到的东西，在这两年里我像个囚犯和被遗弃的孩子，与母亲他们住在一起。我的继父是个沉默寡言的人，他对我挺好的。我母亲仿佛想要尽快对她硬要我来因斯布鲁克的行为做出弥补，似乎很乐于满足我的一切愿望。与我同龄的孩子们也高兴跟我做朋友。然而，我都很生气地冷冰冰地拒绝了他们。我不希望自己过得幸福，不希望离开了你仍活得惬意，自在；于是，我把自己囿限于一个寂寞、晦暗的小天地里，自己折磨着自己。我不愿意穿他们给我买的漂亮的新衣服。我拒绝去听音乐会或是去看戏，也不参加同学们组织的愉快的远足。我几乎每天都是待在家里。如果我告诉你在因斯布鲁克这座小城里住了两年，我还没有熟悉这儿的十条街道，你相信吗？我让自己沉湎在悲伤之中，不去和大家结交，不去享受任何快乐，我耽溺于在因看不到你而产生的悲苦上再添加进去新的痛苦。我热烈地憧憬着只为你而活着，不愿意让任何其他的事情转移了我的这一热情。我独自坐在家里，让自己每时每刻、整日整夜地只想着你，不停地在自己的脑海中重温着对你的诸多的记忆，回想着你的一举一动，以及我每一次对你的等待和窥视，让这些插曲一幕幕地在我的脑子里重现。对自你进入我生活以来的那些岁月的一遍遍回想，使得以往的每个细节都深深地烙印在我的记忆里，以至于那些早已过去的岁月的每一分每一秒都像是发生在昨天一样。

这样，我的生活仍然完全是以你为中心的。我把你写的书都买了回来。要是哪一天的报纸上又提到了你的名字，那一天就成了我的节日，如果我告诉你我常常读你的书，把它们都熟记于心了，你相信吗？要是有人晚上从梦中叫醒我，引用了一句你作品中的话，我便能接着把这句话后面的内容流利地背诵出来，甚至在十三年后的今天，我也能做到。你作品中的每句话对我来说都是神圣的。对我而言，世界之所以存在，全是因为与你有关。在翻看维也纳报纸上有关音乐会和首演晚会的报道时，我总在想这里面的哪些演出会是你最感兴趣的呢。每到夜晚降临时，我就想着远方的你，对自己说，"现在他进了剧院大厅，他就要坐到他的座位上去了"。我这样地想象过你上千次，只因为有一回我曾在音乐会上见过你。

我为什么要跟你说这些事情呢？为什么要跟你讲述一

个孤苦伶仃的孩子的伤悲和绝望？我为什么要把这些告诉你，告诉你这个对我的悲与爱的情感都从不知晓的人？还能说我是个孩子吗？我已经长到了十七岁，十八岁。走在街上，已有小伙子回过头来看我了，可他们只能令我感到生气。去爱别的任何一个男人，哪怕是只萌生出爱别的男子的念头，在我都是完全不可能的；哪怕他们只是给予我一些温柔体贴，在我看似乎已经是罪过了。我对你的情依然像当年那么热烈，不过，随着我身体的发育成熟和性意识的萌发，这份情在性质上发生了改变，变得更加炽烈，更加情欲化，毫无疑问更像是一个成熟女人的爱了。当时隐伏在那个尚未开化的、按你门铃的女孩潜意识中的东西，现在成了我唯一的期盼：我要把自己的身体给予你。

我的同学们都认为我腼腆，胆小。但我有常人没有的倔强和执着。我的心思都集中在一个目标上，那就是回维也纳，回到你的身边去。我成功地实现了这个目标，尽管在别人看我的这一做法似乎是无理取闹，不可理喻。我的继父颇为富有，且把我当他的亲女儿看待。可我硬是要自食其力，最终说服他同意了我重返维也纳，在他亲戚开的一家制衣店里做了雇员。

在一个雾蒙蒙的秋天的夜晚，当我终于又回到维也纳时，用我告诉你我的腿和脚是最先把我带到哪里的吗？我把箱子存放在火车站寄存处，急赶着坐上一辆无轨电车。这电车慢得像蜗牛爬一样！每到了一站停下时，我就急得火烧火燎的。最后，我终于到了我们的那座公寓楼。在我看到你屋子窗户上映出的灯光时，我的心就怦怦地跳起来。这座对我似乎已变得完全陌生和乏味的城市，在我眼里突然一下子充满了生机。现在既然我已经到了你（我永恒的梦）的近旁，我便又一次活了过来。当你与我仰望的眼睛之间只隔着一层薄薄的明亮的玻璃窗时，我便不再在乎这样的一个事实：其实，我远在你的视线和思想之外，你我之间犹如是隔着万水千山。我只要能这样抬眼望着你的窗户就足够了。窗户里亮着灯光，那儿就是你住的地方。那也是我所向往的世界。两年来，我一直盼望着这一刻的到来，现在，我的梦想终于实现了。在那个温暖、多云的夜晚，我久久地伫立在你的窗前，直到你熄灭了屋子里的灯光。直到那时，我才去寻找我的住处。

从那以后，我每晚都要来到这同一个地方。

我干活要干到傍晚六点。工作很累，可我喜欢这样，因为在工作间里的忙乱能掩盖了我内心的骚动。等工作间的百叶窗一放下来，我就径直奔往那个我心所向往的地方。

再次见到你，哪怕再能跟你相遇一次，能远远地看一眼你的面庞，我都心满意足了。终于，在一个星期之后，我遇见了你，这一次碰面来得很突然。在我正瞩望着你的窗户时，你从街道对面走了过来。刹那间，我又变成了一个孩子，变成了那个十三岁的女孩。我的脸红了。尽管我渴望我们的目光相遇，可我还是低下了头，像被人追赶似的匆匆地从你身边走了过去。事后我便开始后悔我像个小女生一样地跑掉了，因为我现在已经知道我真正想要的是什么。我想遇到你，想让你在这么多年后仍然能认出我，想让你留意我，爱上我。

有很长一段时间，你并没有注意到我，尽管我每晚都会守候在你的住所外面，不管是下雪，还是维也纳冬天的寒风凛冽地吹刮。有的时候，我会白白地等上几个小时，也看不到你的人影。常常是等到最后，你从家里出来了，却有朋友们陪伴着。有两次我看到你跟一个女人一起走，看到一个陌生女人跟你亲热地挽着手臂，让我这个已有了情欲意识、对你怀有了新的不同情感的姑娘，顿时感到了一阵心痛。我并没有感到意外，因为从孩提时代起我就知道来你家的女客人多得数不胜数；可现在的这一幕却着实让我感到了一种肉体上的痛苦。在我目睹你跟另外一个女人在身体上表现出的这种亲昵时，我心中有了一种敌意和情欲混杂在一起的感情。为此，出于年轻人的自尊（或许到现在我还留有这份自尊），接下来的一天我没有到那里去；可是，我这个表示反抗和要放弃的夜晚过得多难熬，多空虚啊！第二天夜晚，我又像往常那样低三下四地站到了你的窗户下面；就这么等在你生活的世界之外。

终于，我迎来了你留意到我的那一刻。看到你从远处走来，我就鼓起我全部的勇气，决定不让自己再避开你。正巧有辆货车在街道上卸货，你不得不贴着我这边往住处走。你无意间看了我一眼，尽管你并没有注意到我看你时的那一专注的眼神，你脸上还是流露出你注视女性时那一贯有的神情。我像受到电触一样，对你这一神情的记忆蓦然间在我脑中闪过——那一爱抚的撩人心魄的，既含情又率直的目光，多年前正是这一目光唤醒了我这个小姑娘的女性意识，让我变成了女人和情人。有那么几秒钟，你的眼睛就这么望着我，在这几秒钟里我的眼睛怎么也看不到别的地方去，随后，你从我身边走了过去。我的心剧烈地跳动起来，我不得不放慢了脚步；当我抑制不住自己的好奇、扭头回望时，我看到你正站在那里瞧着我。你那探寻似的饶有兴味的眼神使我确信，你并没有认出我来。你没有认出我,那次没有,以后也没有。你真不知道我当时有多么绝望。这是我第一次尝到这一绝望的滋味,第一次忍受我以后还要多次忍受的命运:你从来就没有认出过我。我到死你也一定不会认出我来了。啊,我怎么才能让你体味到我的这一绝望呢?在因斯布鲁克的这些年里,我每天都在想着你。脑子里总是想着我们将会在维也纳的再次相见。我对我们未来的想象,随着我的情绪不断地变化,有最为荒诞不经的,也有最令人愉快的。任何一种可能性都被我的头脑想象过了。在我心情不佳的时候,我想象着你会把我拒之门外,会鄙视我,因为我身份卑微,因为我寒酸,或是太难缠。我想到了多种多样的可能性,你可能会对我表现出的反感、冷酷、淡漠。然而,就是在我心情最为沮丧的时候,在我最为自卑的时候,我也从未想到过这样一种最可怕的可能性——你从来就没有意识到过我的存在。我现在明白了(这也是你教会我的),一个女孩或是一个女人的面庞在男人看来是常常会变的。她们的脸通常只是她们各种情绪的折射,而她们情绪的变化之快就犹如镜中的映像会瞬间消失掉一样。一个男人很容易忘掉一个女人的面容,因为她面部的明暗对比会随着年龄的增长而改变,因为在不同的场合衣饰也会把她的脸庞衬托得有所不同。一个女人随着其社会阅历的加深，对这一点也就渐渐地认命了。可还是个女孩的我又怎能够看明白你的这一多忘性呢。自从我第一次见到你以后，我脑子里想的都是你，这使得我产生了一种幻觉，以为你一定也在常常想着我，在等待着我的到来。如果我那时就意识到了我对你来说根本无足轻重，在你的记忆中根本就没有我的位置，我还能继续活下去吗？你那天晚上看我的目光告诉我，在你的生活里连一丝儿我的影子都没有，这让我一下子跌入现实的泥淖里，第一次预感到了我的命运。

你没有认出我来。两天以后，当我们再次相遇时，你用近乎熟悉、亲昵的眼光瞅我，你并没有认出我就是那个爱你那么久、被你唤醒了她的女性意识的女孩，你只是认出了这个十八岁漂亮姑娘的脸蛋是你两天前见过的，并且是在同一个地方。你面上流露出又惊讶又友好的表情，一抹笑容浮现在你的嘴角上。像上次一样你从我身边走了过去，像上次一样，你蓦然放慢了脚步。我激动得身体也战栗起来，我心里盼着你上前来跟我说话。我觉得我第一次在你面前变得充满了生气和活力；我也放缓了步子，没有想着要避开你。突然，我听到了身后你走过来的脚步声。虽说我没有转过身去，可我知道你悦耳的声音就会冲着我说话了。这种期待几乎让我的身体变得瘫软，我的心儿狂跳着，我担心我可能不得不停下了。你到了我的身边。你热情地跟我打招呼，好像我们是熟人似的——尽管你根本不认识我，尽管你对我的生活毫无所知。你的言谈举止既平易又迷人，让我也能从容地回答你的话了。我们沿着街道走着，你问我我们可不可以一起吃个晚饭。我同意了。我怎么可能会拒绝你呢？

我们在一家小饭店吃了晚饭。你不会记得那家饭店了。对你来说，这只是你诸多类似饭局中的一次。我又算得了什么呢？只不过是你几百个女孩中的一个，你的一次艳遇，你无数情事之链条中的一个环节。我想，那天晚上我不会有什么能让你记住我的：我说得很少，因为能有你在身边，听你跟我说话，我幸福极了。我不想因为我说的一句蠢话或是提的一个问题，而影响到这幸福的时刻。我会永远感激你给予我的这一美好的时光，你的音容笑貌，言谈举止，完全值得我那样地对你去爱恋和仰慕。我永远忘不了你那温文尔雅的风度。你没有丝毫的鲁莽，也没有急切地向对方去示爱。从一开始，你就表现得亲切友好，如逢知己，即使我的心老早就属于你了，这个时候的你也会赢得我的芳心。我五年的期盼终于得到圆满的实现，你知道我当时有多么幸福吗?

时间渐渐晚了,我们离开了饭店。出来到了门口,你问我是否急着回家,是否有时间多待一会儿。我怎么能掩饰住我是你的这一事实呢?我说我的时间很充裕。片刻的迟疑之后,你问我愿不愿意到你家里去聊聊天。"好啊。"我迅捷地回答,坦率地表达出我愿意前往的感情。我留意到我这么痛快的答应,让你感到意外了。我不能确定你流露出这样的神情是因为不解(烦恼),还是因为欣喜,但是,有一点我看得是很清楚的,那就是你为之感到惊讶了。今天我当然明白你为什么会惊讶了。现在我知道了,尽管一个女子很想委身于一个男人,那她通常也应该装出一副不愿意,或者装出一副惊惧和愤慨的样子。只有在经过对方不断地乞求,不断地赌咒发誓或是甜言蜜语之后,她才会同意。我知道,唯有职业妓女或是头脑简单、涉世不深的女孩,才会这么毫不在乎地径直答应对方。你怎么可能晓得,我这样爽快的同意只是道出了我心中永远的欲念,只是我一千多个日日夜夜之渴盼的突涌。

不管怎么说,我表现出的举止开始让你注意我,让你对我感兴趣了。在我们一块儿去往你家的路上,我觉得你在谈话中间试图想要从我这里探究出点儿什么。你敏锐的知觉以及对人类各种情感的准确的辨识和把握使你即刻意识到，在这个漂亮、柔顺的女孩身上一定隐藏着什么秘密，一定有什么不同寻常的东西。你的好奇心被勾了起来，你所提的一些拐弯抹角的问题表明：你在试图探究出我心中的秘密。然而，我的回答是闪烁其词，藏着掖着的。我宁愿表现得像个傻瓜，也不愿意把我的秘密暴露给你。

我们上楼去了你的住所。亲爱的，请原谅我，如果我说你根本无法明白，这跟你一同走上楼梯，对我意味着什么——这一幸福感充塞着我的心，几乎令我发狂，令我窒息。即便是现在，一想起来我还会潸然泪下，只是我已经没有眼泪了。这栋楼里的一切早已浸透着我的情感，每件什物都是我的童年和我童年向往的象征。在你家对面的那扇门后面，我有上千次等着你的归来；我聆听你上楼梯的脚步声，也正是在这楼梯上我第一次遇见了你；那个我窥视你进进出出的猫眼；你家门前铺的小地毯，有一次我曾在上面跪过；你钥匙插进锁眼里的响声，那是召唤我起来对你窥视的信号。我的童年和童年的激情就都凝缩在这几平方米的空间里了。我的整个人生都在这里，此刻它像剧烈的暴风雨席卷着我，因为我的一切期盼就要实现了，我正在与你同行，我和你，马上就要到了你的也是我们的家。且想一下（我这么说听起来琐屑，可我再想不出别的表达），在你的房门以外都是现实的世界，乏味无聊的日常生活的世界，也是迄今为止我一直生活于其中的世界。在这扇门里面是充满了我孩童般想象的奇异世界，阿拉丁①的王国。如果你知道，我是如何上千次地怀着饥渴、难耐的心情，注视着我们现在正在进入的这扇门（此时的我都有点儿神魂颠倒了），你便能多少明白一点儿——只是一点儿——这几分钟对我有多重要的意义了。

那个晚上，我跟你待了一夜。你做梦也不会想到，在你之前，还没有任何一个男人触碰过或是看到过我的身体。你怎么可能会想得到呢，当我很痛快地就答应了你，当我把所有的羞耻心都藏在内里，以免暴露出我爱你的秘密？要是让你知道了，那恐怕就会惊你一跳了；你只喜欢自由地来去，只喜欢像蜻蜓点水似的嬉戏玩乐。你怕卷入到其他任何人的命运中去。你愿意对世人慷慨地施爱，却不愿

---

① 阿拉丁，《一千零一夜》中的人物。巫师叫阿拉丁从井里取出一盏神灯，只要将灯一蹭，立即就有一个神灵来到你面前，可以满足你的一切要求。阿拉丁发现这个秘密后就拿走了这盏灯，并娶了一个公主为妻。巫师为了得到这盏神灯，想了各种办法，也未能奏效。

意做出任何的牺牲。在我提到把我处女的身子给了你时，你千万不要误解了我的意思。我这不是要你做出补偿。你没有诱哄我，也没有欺骗和勾引我。是我张开双臂扑到你的怀里，是我主动去迎接我的命运的。对那晚销魂的快乐，我对你只有感激。当我在黑暗中睁开眼睛时，你就在我身边。我觉得自己一定是在天堂里，只是诧异为什么没有星光照在我身上。亲爱的，我从来没有后悔过那天晚上我把自己给了你。你就睡在我的身边，我听着你的鼾声，抚摸着你的身体，觉得自己这样近地挨着你，我不由得淌下幸福的眼泪。

　　第二天清晨我离开得很早。我得去店里干活，又想在你的仆人到来之前走掉。在我要离开时，你用手臂搂着我，看了我很长时间。是一些模糊的记忆在你脑子里翻腾，还是我溢于言表的幸福使我在你眼里变得漂亮了？你吻了我的嘴唇，我动身要走时，你问我："要带上这些花吗？"在你写字台上的蓝水晶花瓶里（小时候我曾进来过你这里一会儿，看见过这个花瓶）插着四束白玫瑰，你把它们都给了我。在以后的几天里，我常常地吻它们。

　　我们说定次日晚上再会面。我来了，又在你这里度过了一个销魂快乐的夜晚。接着我又在你这里过了第三个晚上。

然后你说你有事要离开维也纳一段时间——噢，我从小就嫉恨你的这些旅行！——答应一回来就跟我联系。我只给你留下一个邮局待取的地址，没有告诉你我真实的名字。我要保守我的这个秘密。分别时，你又送给了我几束玫瑰。

有两个月的时间，我每天问着自己，怎么还没有你那方面的消息……唉，我不愿意再提我那等待的痛苦和绝望。我对你没有怨言。我一如既往地爱你，爱你的热情和健忘，爱你的慷慨和不忠诚。你一直都是这个样子，我就爱这个样子的你。你没走两个月，你早就回来了。你屋子里的灯光告诉了我这一点，可你并没有写信告诉我。直到我生命的最后时刻，也没能收到过你的信，你没有给我这个把自己的一生都给了你的人留下只言片语。我无比绝望地等着，等着。你没有叫我，没有写过一行字来……

我的孩子昨天死了，他也是你的孩子，是你的儿子，是我俩那三个夜晚欢爱的结果。我是你的，从我委身于你的那一刻直到孩子出生前的那段时间，我只是你一个人的。你对我身体的触摸使我觉得自己变得神圣了，我岂能再去接受另外一个男人的爱抚。他是我们俩的孩子，亲爱的；是由我全身心的爱和你不经意间给予的、拈花惹草似的滥施的柔情相结合的产物。我们俩的孩子，我们俩的儿子，我们俩唯一的孩子。也许，你会吓一大跳，也许，你只是觉得有些意外。或许你会感到奇怪，为什么我从未跟你提起过这个男孩；为什么这么多年来我一直保持着沉默，直到现在他躺在这里，要永远地离开我、再也回不到这个世界上来了，我才告诉你。可我怎么开口告诉你这个孩子的事呢？我只是个跟你素昧平生的女孩，而且，是那么急切地想要和你度过那三个晚上。你无论如何也不会相信，这个与你偶尔共度良宵、连名字都没有留下的女人会对朝三暮四的你忠诚。你怎么也不会完全相信和接受这个孩子是你自己的。即便你表面上相信了我的话，你私下里还会怀疑，我是在抓住这个机会，把跟另一个男人生的孩子，硬按在你这个富有的人头上。这样，你会耿耿于怀的，会有一团不信任的阴影永远横在你我的中间。我不能忍受这样的一个结果。况且，我十分了解你这个人。或许，我比你更加了解你自己。你喜欢无忧无虑，轻松自如，没有任何的负担；这就是你对爱的理解。突然发现你自己一下子做了父亲，对一个孩子的命运得马上负起责任，对此你一定会很反感的。自由的气息就是你生命的气息，你会觉得我羁缚了你。甚至会违背你的良知，从心里恨我是在用孩子要挟你。一旦你对我产生了这样的恨意,或许有的时候(一个小时,或是那么一两分钟的时间)你就会认为我是你的累赘了。可我的自尊心要我这辈子绝不给你造成任何的麻烦,任何的不快。我宁愿自己承担起这全部的责任,也不愿意成为你的负担;我想做那些亲近于你的许多女人中的一个,在想到她们时,你的内心只有爱和感激。实际上,你从来没有想起过我。你完全忘记了我。

我并不是在斥责你。相信我,亲爱的,我并不怪你。如果我的笔端下偶尔流露出怨愤的情绪,你也一定要原谅我。你一定要原谅我,因为我的孩子,我们的孩子,已经毫无声息地躺在那摇曳的烛光下。我冲着上帝握紧我的拳头,称他是刽子手,过度的悲伤几乎快要让我失去了理智。原谅我的这点儿抱怨吧。我知道你心地善良,乐于助人。就是一个陌生人张口求你,你也会帮的。不过,你的这种好心肠是很特别的。你的慷慨没有节度。每个向你伸手的人,都可满载而归。不过,我得承认,你的施与都不是主动的。别人需要跟你开口。你帮助那些向你求助的人,你帮他们是出于你的面子和怜悯,而不是出于帮助人会获得的快乐。容我坦率地对你说吧,你更愿意去接近那些快乐的人,而不是那些蒙受痛苦和煎熬的人。想求像你们这样的人，即使是你们中间最善良的，做点儿事，会很难，很难。在我还是个孩子的时候，有一次我从我家门上的猫眼里看见你给按你门铃的乞丐东西。几乎在他开口之前，你便很快很慷慨地给予了他。不过，在你的举止和动作里却透出一些急促和不安。仿佛你主要在意的只是尽快要摆脱掉他似的；你似乎害怕与他的眼睛相遇。我从没忘记在你给予帮助时表现出的那一不安、胆怯的神情，你甚至不愿对对方说一句感谢的话。这就是我为什么在遇到难处时从未找过你的原因。噢，我知道你会给予我所需要的一切帮助，即便你怀疑这个孩子不是你的。你会给我提供舒适的环境，给我很多很多的钱；可你心里总会有些不耐烦，暗地里总想着摆脱这一麻烦。我甚至相信，你会劝我早点儿打掉这个未出生的孩子。这正是我最为担心的，因为我知道我会做你想让我做的任何事情。可孩子是我的一切。当然，他也是你的，是另一个你——不是这个快乐的、无忧无虑的你，这个你我是没有希望留住的，而是那个从我的身体里诞生出来、完全属于我、与我的生命有着密不可分的联系的你。我终于牢牢地拥有了你，我能感觉到你生命的血液在我的血管里流淌；只要我多会儿想了，我就可以哺养你，抚摸你，亲吻你。这就是为什么当我知道怀上你的孩子后我会那么高兴的原因，也是我为什么要对你保守这个秘密的原因。从今以后，你再也逃不出我的手掌心，你是我的了。

可是你别以为，在等待孩子降临的这些个月里，我过得就像我最初于万分欣喜中所想象得那么好。在我的这段日子里充满了悲凉和忧愁，充满了对人之鄙陋的厌恶。我的情况渐渐变得糟糕起来。在孩子快要出生的那几个月里，我不得不离开了制衣店，因为我要是再待下去，我继父这边的那位亲戚就会看出我怀有了身孕，并把这件事告诉我家里。我也不能跟我母亲要钱，所以直到分娩之前我只能靠变卖一些首饰度日。在我临产之前的一个星期，我仅剩的几个克朗被给我洗衣服的女工偷走了，因此我只得进了一家妇产医院。那个孩子，你的儿子，就诞生在那个寒伧的避难所里，诞生在一群穷困潦倒、被遗弃被遗忘的人们中间。那是个可怕的地方。那儿的一切都令人感到怪异和陌生。彼此间颇感生疏和孤独的我们（指产妇）躺在那里，心里充满对彼此的仇恨，仅是出于贫困和失意的这一共同的命运，才都被迫来到这个拥挤不堪、充满麻醉剂和污血的味道、充满喊叫声和呻吟声的产房。住在这些病房里的产妇失去了自己所有的个性，除了在病历记录的最上方写着的你的名字。躺在病床上的只是一个还能动的肉体，一个供研究的对象……

请原谅我给你讲了这些事情。我永远不会再提起它们了。十一年了，我一直保持着沉默，很快我就将永不发声了。我必须至少大声地呐喊上一次，让你知道为这个孩子我付出了多么高昂的代价！这孩子曾是我的快乐之所在，如今他已经静静地躺在这里。在他的音容笑貌间，在我为此而感到的幸福里，我曾一度忘却了我所遭受的那些痛苦和羞辱。现在，他死了，那痛苦再一次袭上我的心头，我不得不把它倾吐上一次。不过，我并没有责备你的意思。唯有上帝，唯有上帝才应对这些无意间造成的痛苦负责。我从未对你产生过恨意。就是在我分娩时的剧烈疼痛中，我对你也没有一丝儿的怨恨；对于跟你共度过的那几个美好的夜晚，我从未后悔过；我从未放弃过对你的爱，从未放弃过对你闯入我生活的那一刻的祝福。倘若为此——明明知道前面等着我的是什么——我得进一次地狱，进多次的地狱，我也会乐此不疲的。

我们的孩子昨天死了，你从来也不知道他。聪慧可爱的他从未进入过你的视线，更别说跟你有过接触了。在我们的儿子出生以后的很长一段时间里,我都有意地让自己避开你。我渴望见你的心情不像以前那么难以抑制了。真的,我觉得我对你的爱也不像过去那么强烈。是的,既然现在我有了儿子,我对你的情就不那么炽烈了。我不希望把自己的爱均分给你们两个人,所以我收起了对你的感情,把爱都给了这个孩子,因为你的快乐幸福,是独立于我之外的,而这孩子却需要我呵护,需要我喂养,我能搂他、亲他、疼她。我似乎从对你的思念和渴盼中解脱了出来。我的厄运似乎因为另一个你(完全属于我的)的诞生而得到拯救。现在我的心思很少再想着住在那栋楼里的你了。为你我只还做着一件事,那就是在你生日的那一天,我会给你送上一束白玫瑰,就像我们第一夜在一起时你送我的那种。在过去的十一年里,你偶尔想到过问一下自己,这些花是谁送的吗?你还记得你曾经送过一个姑娘这样的玫瑰吗?对这些我都不得而知,也永远不会知道了。能默默地把它们送给你,在我来说就足够了;一年中有一次,重温一下自己对那几个夜晚的记忆,足矣。

　　你从来也不知道我们的这个孩子。今天我有点儿怪自己,觉得不该对你隐瞒了他的身份,因为你是会爱他的。你从未见过他刚睡醒睁开眼睛时的笑容,那双和你一样的黑色眼睛，快乐地望着我，望着这个世界。他是多么活泼，多么可爱啊！他也有着你无忧无虑、轻松愉快的天性和你驰骋的想象力，你的这些品质都在这个孩子身上初现端倪。他可以接连几个小时地沉迷在他所玩的东西里，就像你有时对人生的游戏一样；临了，他会变得严肃起来，长时间地沉浸在他的书本中。他就是一个再生的你。你性格中的那一对人生既认真又嬉戏的两重性，在他的身上也变得日益明显；他越是像你，我就越是爱他。他各门功课都很优秀，读起法语来好听得像是喜鹊的叫声。他的作业本是班里书写最整洁的。他身材挺拔，长得英俊秀气。在我夏天带他到格拉多①海滨游玩时，见到他的女人们常常会停下来，摸摸他漂亮的头发。在塞默林②滑雪橇时，人们会回过头来看他。他长得是那么帅气，那么温柔，那么迷人。去年他上了特莱茜娅寄宿中学③，穿上了漂亮的校服，身佩短

---

① 格拉多，位于亚德里亚海滨，是意大利著名的海滨浴场。
② 塞默林，是维也纳附近、阿尔卑斯山的一个隘口，是著名的避暑胜地和冬季运动场所。
③ 特莱茜娅寄宿中学，最早是奥地利女王马丽娅·特莱茜娅于1746年创办的特莱茜娅贵族学院。1849年后改为普通文科中学，一直是维也纳的一所有名的中学。

剑，俨然像是个十八世纪的王室侍从——如今他穿着衬衫躺在了这里，嘴唇苍白，双手交叠着放在胸前。

也许你会纳闷我如何能给孩子付得起这么昂贵的学费，如何能够让他过上上流社会丰富多彩的快乐生活。亲爱的，我是从黑暗的角落里跟你讲话。没有了廉耻的我将告诉你这一切。你可不要退缩回去哟。我出卖了自己的身体。我没有做那种流落在街头的普通妓女，可我还是出卖了自己的身体。我的朋友们和我的情人们都是有钱人。一开始是我去找他们，可不久就是他们来找我了，因为我（不知你曾注意到过这一点没有）是个漂亮的女人。但凡跟我有过性交关系的男人都对我特别好。他们都成了我的仰慕者，对我会慷慨地施与。他们都爱我——除了你，除了你这个我唯一爱过的男人。

现在我向你道出了实情，你会看不起我吗？我确信你不会。我知道你会理解这一切的，理解我之所以这么做只是为了你，为了另一个的你，为了你的儿子。躺在妇产医院里，我亲历了由于贫困而落入的可怕境地。我知道，在穷人的世界里，那些被踩在脚下的人总是要受凌辱，受欺负的。我无法容忍这样的一个想法：就是你的这个可爱的儿子将要在社会的底层，在藏污纳垢的街头和贫民窟污浊的空气中长大。他有着美好曲线的嘴唇必须说高雅的语言；他细嫩白皙的皮肤一定不能让硬硬的粗布内衣硌出红印子。你的儿子所拥有的一切必将是世界上最好的，他将是最富有的，将过上这个世界上最无忧无虑的生活。在生活的航程中，他必定循着你的脚步前行，一定会活动于你所在的社会圈子里。

　　这就是我为什么出卖自己肉体的原因。对我来说，这并不算是什么牺牲，因为人们通常称之为"名誉"和"耻辱"的那些东西，在我这里没有任何意义。你是我唯一爱的人，我的身体只能属于你，既然你不爱我，那我对自己的身体无论做怎样的处置，都无关紧要了。我的那些情人们的柔情蜜意，甚至是他们最炽烈的情感，都不能触碰到我的内心深处，尽管他们中的不少人都是我由衷钦佩的，尽管与他们同病相怜的我对他们得不到回报的爱情也是充满了同情。与我相交的这些人都对我很好，都宠我，惯我；都对我格外尊重。其中的一个鳏夫，一位上了年纪的帝国伯爵，动用他的一切关系和影响，终于让你的儿子得以进入了特莱茜娅中学。这个男人就像爱他的女儿那样爱我。他多次敦促我嫁给他。要是我愿意的话，我今天早就是一位伯爵夫人,是蒂罗尔①一座宏伟城堡里的女主人,早就过上无忧无虑的生活了。那样的话,孩子便有了个最为慈祥的父亲,我也有了个庄重、显贵、善良的丈夫。可对人家的每一次求婚,我都拒绝了,尽管我知道这令他很痛苦。我这么做也许很蠢。要是我不再这么坚持,我现在已经过上安逸、悠闲的生活了,我的孩子仍然还会和我在一起。我为什么要跟你隐瞒我拒绝的理由呢?我不想束缚住自己。为了你——我要保持自由身。在我心灵的最深处,在我的下意识里,仍然做着我少年时代的那个梦。想着将来的某一天,你会把我召唤到你的身边去,哪怕只是在你身边待一个小时。为了这一个小时的快乐时光,我抛开了其他的一切,这样一旦你想要我,我便能毫无羁绊地扑到你的怀抱中去。自从我的女性意识被唤起的那一刻起,我的人生不就是用来服侍你和听凭于你意志的调遣吗?

最后,我所期盼的这一时刻终于来了。你仍然没有意识到这是我们的重逢!这次相遇,你还是没能认出我来。你从来都没有认出过我,从来没有。我常常碰见你,在剧

---

① 蒂罗尔,奥地利的一个州,首府在因斯布鲁克。

院，在音乐厅，在普拉特公园①，或是别的什么地方。每次碰到，我的心都会一下子跳到嗓子眼上，可你总是毫无察觉地从我身边走过。在外表上，我几乎是变了一个人。从那个羞怯的女孩成了现在亭亭玉立的女子：很漂亮，人们都这么说，身着锦衣靓饰，身边围着一群仰慕者。你怎么能从现在的我身上，认出多年前去到你卧室柔和灯光下的那个羞答答的女孩呢？有时，我身边的男朋友会跟你打个招呼，你在回答他的问候时眼睛会扫到我的身上。可你看我时总是带着那种客气的陌生人的目光，带着尊敬，却完全没有认出我来——是那种好生疏、好生疏的目光。记得有一回你的这种生疏的目光——虽说我已经习以为常了——深深地刺痛了我。当时我跟一个朋友坐在剧院的一个包厢里，而你恰好就在隔壁的包厢。在前奏曲响起时剧院的灯光暗了下来。在暗中我看不到你的面庞，可你离我很近，我能感觉到你的呼吸，就像我在你的卧室紧紧贴在你身边时的感觉一样。当时你纤长的手就放在我们两个包厢之间的包着天鹅绒的栏杆上。我心中蓦然被一种极强烈

---

① 普拉特公园，是维也纳的一座规模很大的自然公园。

的渴求溢满，我要弯下身去吻这只手，这只曾温柔地触摸过我的手。在恢宏激荡的音乐声中间，我的这一渴望变得越发强烈。我不得不极力抑制着自己，才没去吻你纤细的手指。第一幕刚完，我就跟我的朋友说我要走了。在黑暗中你就坐在我旁边，离我如此之近，却又与我如此的陌生，再这样子坐下去我非疯了不可。

不过，这一时刻再一次来临了，这是给予我的最后一次机会。那是在一年前，你刚过完生日后的一天。我的心思比以往任何时候都更多地放在了你身上，因为我通常都是把你的生日当成节日来过的。一大早起来，我就去买了白玫瑰，每年到了你生日的那一天，我都要送你白玫瑰，以纪念你早已忘掉的那一时刻。下午，我领着儿子一起乘车出去，一起吃茶点。晚上我带他去看戏。我想让他将这一天看作是自他少年时代起就开始过的一个神秘的纪念日，尽管他不晓得这其中的缘由。第二天我跟我当时的男朋友在一块儿，一个年轻富有的布吕恩制造商，我跟他在一起已经两年了。他非常喜欢我，也是很想让我嫁给他。我拒绝了他，尽管他怎么也弄不明白我为什么会拒绝，他仍是不断地送给我和儿子贵重的礼物，以他那可爱的，傻呵呵的方式滥施着他的爱。我俩一块去听一个音乐会，在那里碰上几个爱玩的朋友。于是我们一起到环城公路上的一家饭店去用餐。在谈笑声中，我提议大家吃完饭后一块到舞厅跳舞。平日里我对这些灯红酒绿、纸醉金迷的地方是颇为反感的，也很少光顾。可这一次却不知道是什么东西在我心中作祟，硬是让我说出了这个建议，随即便得到大家的一致赞同。我内心涌动着一种难以言说的渴盼，仿佛有什么奇遇在前面等着我似的。像往常一样，每个人都争着去附和我的奇思怪想。我们去了舞厅，喝着香槟酒，在喝的中间我心头突然涌起一股从未有过的狂喜。我一杯接一杯地喝着，一边跟大家唱着一首情歌，想着痛痛快快地大跳上一场。就在此时，我觉得我的心仿佛就像被一只冰冷或是滚烫的手紧紧地抓住了一样。你与几个朋友正坐在旁边的一个桌子前，用赞赏和色眯眯的眼神望着我，你这神情总能撩拨得我心旌飘摇。在过去了十年之后，你再一次把你那与生俱来的激情（与你的意识无关）全部灌注在了你看我的眼神当中。我战栗着，我的手抖得厉害，几乎把酒杯掉落到地上。所幸的是，我的朋友们都没有察觉到我的这一慌乱的举动，因为笑声和音乐干扰了他们的注意力。

你的目光变得越来越灼人，令我浑身都觉得火烧火燎的。我不能确定，是你终于认出了我，还是我作为一个陌生女人燃起了你的欲望。我的脸烧得通红，敷衍着朋友们的谈话。你一定注意到你的目光在我身上产生的影响。你微微地动了一下头，示意让我到前厅待一会儿。随后，你付了账单，离开同桌的朋友，再次向我示意你会在外面等我。我全身直打战，像是个发烧打摆子的人。我再也无心搭理同伴们的谈话，我全身的血液开始在体内沸腾。正巧此时有几个黑人，伴着他们自己发出的怪叫声，用鞋后跟踢踏地面，跳起一种怪怪的舞蹈。大家都转身去看这几个黑人，我趁机站起来，跟我的男朋友说了声我出去一下，便去追你了。

你在前面的大厅里等我，见到我出来了，脸上露出喜色。你嘴角带着笑容，赶忙上前来迎我。很显然，你没有认出我来，没有认出我就是从前跟你同住在一栋楼里的那个女孩，也没有认出我就是十年前随你来家与你共度了几个良宵的那个姑娘。这一次，你又把我当成了一个刚认识的女人。"可以为我匀出你一个小时的时间吗？"你信心十足地问，看得出你把我当成了那种只要给钱就陪人过夜的女子。"可以"。我回答说。十年前，在光线昏暗的街道上，当时还是少女的我也是这样怯生生却又心里很愿意地说了声"可以"。"你说我们多会儿可以见面。"你问。"多会儿都行。"我回答,在你这里,我的矜持和羞耻心都不翼而飞。你有些惊讶地望着我,眸子里现出和当年一样的疑惑和好奇神情,那时你也曾因我很痛快地答应了你而感到诧异。"现在可以吗?"在迟疑了片刻后你问道。"可以。"我说,"咱们走吧。"

我正要回衣帽间去取披肩,突然记起是——布吕恩——的那个男朋友把我俩的东西一块放衣帽间的,存衣单还在他的手里呢。回去跟他拿存衣单,少不了得解释一番,我不愿意,可要放弃这一期盼已久的时刻,则是我所更不情愿的。我即刻做出了抉择,把肩上的围巾往紧围了围,便进入茫茫的夜色之中,再不去管我的披肩和大衣,不去管那个好心肠的已跟我生活了几年的男朋友,也不再去顾及我在大庭广众之下,在他的朋友们面前,让他陷入极尴尬的境地:他的相好只凭着一个陌生人冲她点了一下头,便弃他而去。我内心十分清楚,我这样对待一个好朋友,是多么卑鄙,多么的忘恩负义。我知道,我的这一既疯狂又愚蠢的举动会让他永远地离开了我,我这么做只会给自己的生活带来灾难性的后果。可与能有机会再一次亲吻你的嘴唇、再一次听到你悦耳的嗓音和声调相比,他的友情,还有我的生活,对我来说又算得了什么呢?既然现在一切都过去和结束了，我便可以告诉你这件事情，好让你知道我有多么爱你。我相信，哪怕我已死在了病榻上，只要你呼唤我，我就有力气爬起来去响应你的召唤。

我们乘上舞厅门口停着的一辆出租车，去往你家。我又一次听到你的声音，又一次体味到依偎在你身边的那种难以抑制的喜悦之情，像多年前一样我几乎又陶醉在极度的快乐和忐忑之中。时隔十年之后，我们再次一起登上这熟悉的楼梯——我无法向你描述出我当时的全部感受，我觉得自己同时生活在了现在和过去，我的整个儿生命又再度与你的融合在了一起。你的房间里变化不大。多了几幅画，多了不少的书，添置了一两件家具——可整体上看去，一切还是显得那么友好和熟悉。在写字台上的花瓶里插着玫瑰——在前一天为纪念你的生日我送给你的玫瑰，现在这个送你玫瑰的女人就贴在你的身边，你就握着她的手，亲吻着她的嘴唇，可你仍然记不起、认不出她来。不过，看到我送你的花儿插在那里，知道你对这些花（它们的香味儿是我身上散发出的气息，是我对你的爱的气息）有所眷恋，还是令我感到了安慰。

你把我搂在怀里。就这样我跟你再次度过了一个美好的晚上。可即便在那个时候，你也没有认出我来。当我在你的怀抱里销魂地享受着你的温存和抚弄时，看得出来你对情人和对妓女流露出的情感是没有区别的，你恣肆澎涌的激情只是关注着它们自己的倾泻。对我这个你在舞厅碰到而叫到家里来的陌生女子，你显得既亲昵多情，同时又敬重有礼。你不愿意轻浮、放荡地对我，然而，你却又充满了令人勾魂摄魄的情意。沉迷在往日的幸福当中，我再一次领略到你性格中的两重性，一种智力上的激情和一种强烈的情欲的奇怪融合，为此使当时还是个孩子的我便早已拜倒在你的脚下。我没有见过有哪个男人能像你那样全身心地沉醉在春宵一刻的甜美当中。也没有见过哪个男人在那一刻的放纵之后，能像你一样很快沉入一种物我两忘的超然境界中去。那时的我也全然忘记了我自己。黑暗中躺在你身边的我究竟是谁呢？是老早以前的那个一往情深的女孩，还是你儿子的母亲，还是一个陌生人呢？在这个奇妙的夜晚，一切都显得那么的亲切、甜美，同时又是那么的新鲜、悦人。我祈祷着愿这个快乐的夜晚永远不要结束。

然而，天还是亮了起来。我俩起床时已经不早了。你请我留下来吃早饭。在餐厅里勤谨的仆人已预先端上来了早点，我俩边吃边聊着。像从前一样，你表现得热情、坦诚，像从前一样，你不提任何不得体的问题，对我个人的事一句也不打问。你没有问我的名字，没有问我住在哪里。和以前一样，对你来说，我就是你偶尔的一次奇遇，一个无名氏的女子，一个风流销魂的时刻，在事情过去之后没有任何的痕迹留下。你跟我说，你打算做一次长时间的旅行，你计划到北非走两三个月。你的话对正在幸福中的我犹如敲响了丧钟："过去了，过去了，过去了，我要全然被忘记了！"我恨不得跪在你面前，向你大声地哭喊，"带我去吧，你最终会知道我是谁，在这么多年的等待之后！"可羞怯、胆小、柔顺和懦弱的我却最终只说出了这么一句："太遗憾了！"你笑着望着我说："你真的觉得遗憾？"

在那一瞬间，我仿佛一下子变得胆子大了起来。我立起身，眼睛盯着你说："我爱的男人总是出去旅行。"我直视着你的眼睛。"现在，"我在想，"现在他就要认出我来了！"可你只是笑了笑，安慰地对我说："过一阵子，他就回来了。"我回答道："是的，可等他回来时，便已经忘掉我了。"

我说这话时，一定内心溢满了不舍之情，因为我的语调打动了你。你也站了起来，迷人、甜蜜地看着我。你把手抚在我的肩上说：

"美好的东西是不会忘记的,我不会忘记你的。"你仔细端详着我,好像是要把我的形象深深地印在你的脑子里似的。我觉得你的目光穿透到我的内里,探究到我的心灵,使我不由得心生幻想:你没有认出我来的魔咒就要打破了。"他就要认出我来了!就要认出我来了!"我的灵魂因期盼而战栗着。

然而,你并没有认出我。没有,你没有认出我来。在那一刻,我在你眼里显得比任何时候都更加陌生,因为如果不是这样的话,你就不可能做出几分钟后的那一举动了。你又一次吻了我,热烈地吻了我。我的头发被弄乱了,我不得不再一次梳理它。站在镜子前的我从镜子里看到你正在偷偷地把几张钞票塞进我的暖手筒里,这让我的心一下子被羞辱和惊诧塞满。我几乎控制不住自己大声地喊了出来,几乎忍不住要上前扇你的耳光。你在为我——这个从少年时代起就爱上了你,又是你的儿子的母亲的女人——跟你度过的这一夜支付报酬。对你来说,我只是个从舞厅领到家里来的妓女。你忘记我还不够,还要付给我钱,通过这么做来羞辱我。

我匆忙整理起自己的衣物,好让自己尽快地离开;你这下给我的痛苦简直使我难以承受。我四下望着,找我的帽子。原来它被搁在写字台上里面插着白玫瑰（我送的）的花瓶旁边了。我无法抑制住自己想要唤醒你记忆的最后一次尝试。"你愿意给我一束你的白玫瑰吗？"——"当然可以。"你回答说，一边把它们都从花瓶里拿了出来。"可它们也许都是一个爱你的女士送给你的？"——"也许是吧。"你说："我不确定。这些花是作为礼物送来的，可我却不知道是谁送的，这也正是我喜欢它们的原因。"我定睛看着你说："或许，它们是由一个已被你忘记的女人送的！"

你现出惊讶的表情。我目不转睛地望着你。"认出我来吧，终于要认出我来了！"我的眼神在这样祈求着。可你的笑容尽管显得很热情，却表明你并没有认出我来。你又一次吻了我，然而，你始终没有认出我来。

我快步往外走，因为我眼里噙着泪花，不想让你看见。我疾步出了卧室，在门厅里几乎和你的仆人约翰撞了个满怀。他有些尴尬地给我让开道，为我打开了房门。就在我步出你家的那一刻，在我的泪眼扫过他时，一道亮光突然闪现在这位老人的脸上。就在我步出你家的那一刻，我告诉你，他认出了我，这位自我十三岁搬走后就再没有见过我的人。霎时间，我内心充满无限的感激，我恨不得跪下来，去吻他的手。我从暖手筒里掏出你用来侮辱我的钞票，甩给了他。他不胜惊讶地看着我——我想,他在这一瞬间对我的了解远超过你这一生对我的了解。每个人,世界上的每个人,都争着要宠我;每个人都对我那么好。只有你,只有你,忘记了我。你,只有你,从未能认出我。

我的孩子,我们的孩子,死了。在这个世界上,除了你,我再没有了要爱的人。可对我来说你又是谁呢?你从来都没有能认出我来,你从我面前走过,就像跨过一条小溪,你踏过我的身体,就像踩到一块石头,你会毫不理会地继续走你的路,而把我留在后面,做着无望的等待。我曾幻想过将你拥为己有,我能在孩子这里留住飘忽不定的你。因为他毕竟是你的儿子呀!谁知他在夜间会无情地离开了我上路了,他已经忘记了我,永远不会回来了。我又一次成了孤零零的一个人,比以往的任何时候都更加孤独。我这里再没有了你的任何东西。失去了你我的孩子,没有你写给我的只言片语,在你的记忆中也没有我的一丁点儿位置。如果有谁在你面前提到我的名字,对你而言那也是陌生的。既然对你来说我已经死了,那么,对这个世界我还有什么可值得留恋的呢?既然你已经离我而去,我为什么还不能高兴地离开这个世界呢?

亲爱的，我没有责备你的意思。我并不希望把我的悲伤强加到你快乐的生活中去。不必担心我还会再叨扰到你。请原谅我在孩子去世的这一悲痛时刻向你倾吐出了我的心声。仅此一次，我必须要跟你说。尔后，我便会再隐回到黑暗中去，像以往任何时候一样对你保持沉默。只要我还活着，你甚至不会再听到我的一声呼喊。只有在我死了以后，这封信才会被送到你的手里，这是一个爱你的女人写给你的信，她比别的任何一个女子都更加喜爱你，可你却从不知道她是谁，她一直在等候你的召唤，只是你从未召唤过她。或许，或许在收到这封信后你会召唤我，只是平生第一次我将不忠实于你了，因为我已安眠在地下，再听不到你的呼唤了。我没给你留下我的一张照片，或是其他的任何信物，正如你没有给我留下任何的纪念物一样，因为现在你永远不可能再知道我是谁了。这是我活着的时候的命运，也将是我死后的命运。在我弥留之际，我将不再叫你前来；我会悄然离开这个世界，让你永远不知道我的模样和姓名。这样地死去，我心里会好受一些，因为远在他方的你，对此就不会有感知了。要是我的死将给你带来痛苦，那我就得活着了。

我写不下去了。脑袋里觉得昏沉沉的，四肢颇感疼痛，浑身发着烧。我得躺下了。或许，一切很快就都结束了。或许，这一次，命运会对我大发慈悲，我不必再看着他们把孩子抬走……我写不下去了。再见了，亲爱的，再见。我把我所有的感激都给予你。不管怎样，所发生的这一切也并非那么糟。我至死也会对你心存感激。我很高兴我把这一切都告诉了你。现在，你知道——尽管你永远不会完全明白——我对你的爱有多深了吧；不过，我的爱又永远不会成为你的负担。令我感到欣慰的是，不会让你痛苦地怀念我。你快乐美好的生活不会有丝毫的改变。亲爱的，我的死不会影响到你。这也使我感到慰藉。

可是，以后谁还会在你生日的那一天给你送去白玫瑰呢？你的花瓶里会空着的。再也不会有我生命的气息，那缕缕芳香，一年一度地飘进你的屋子里去。我有一个最后的请求——第一个也是最后一个。为了我，请你这么做：每到你生日的那一天——一个想起自己的日子——就买来一些玫瑰，把它们插在花瓶里，就像是人们一年一度为爱人的亡灵做一次弥撒一样。我不再相信上帝，所以我不想让人做弥撒。我只相信你一个人。我只爱你一个人。我只希望我继续活在你的心中——一年里只是在这一天，让我像以往那样温存地、静静地依偎在你身边。请你一定这么做，亲爱的，一定这么做……我的第一个也是最后一个请求……我爱你，爱你……永别了……

信从他无力的手中滑落下来。他陷入长久的、深深的思索之中。是的，对以前的那个邻居家的女孩，对在舞厅里碰上的那个女子，他是有些模糊的记忆的——所有这些记忆都是朦朦胧胧、隐隐约约的，宛如河床里的石子，从湍急的水面望下去，那么的无定形，那么的摇曳不定。零零星星的片段簇拥在他脑海中，却形不成一个完整的画面。他的记忆在他情感的海洋中极力地探索着，可他还是记不起来。在他看来，所有这些形象他似乎一定都梦到过，一定常常生动地出现在他的梦中——然而，它们只是梦中的幻象而已。他的眼睛落在了写字台的蓝花瓶上。瓶子里是空的。有些年头在他生日的那一天，花瓶里总是插满白玫瑰的。他簌簌地战栗起来，觉得好像有一扇无形的门突然被打了开来，通过这扇门，一阵阴森的风从另一个世界吹进了他的屋子里。他仿佛感觉到一个死者的莅临，体味到了不朽的爱情。有什么东西在他心头涌动着，那个已死的女子萦绕在他的脑际，她充满了激情却又没有形体，犹如从远方飘荡过来的音乐。

一个女人一生中的二十四个小时

1904年，第一次世界大战爆发的十年前，有一回我在里维埃拉度假，住在一家小旅馆里。一天，我们餐桌上发生了一场热烈的辩论，渐渐地转变成激烈的争吵。万万想不到的是几乎到了恶语相向、反目成仇的地步。世人大多缺乏想象，不论什么事情，只要和他们没有关系，他们绝对无动于衷。可是一旦有点什么关系，哪怕是小事一桩，就会像有尖刺狠狠地扎进他们的皮肤一般，直接触动到他们的神经和知觉，会变得异乎寻常地激动起来。于是，别看他们平常对什么事情都漠不关心，此刻却一反常态，会性情冲动地大大发泄上一通。

这次，我们这群中产阶级的餐友正是如此表现的。平时和和气气，偶尔闲聊一会儿，开些无关痛痒的小玩笑，用餐之后大多是各走各的；那对德国夫妇外出游玩，览胜摄影；心宽体胖的丹麦人忙着去干他那无聊的钓鱼玩意儿；高贵典雅的英国太太一股脑儿钻进她的书堆里；那对意大利夫妇急匆匆赶往蒙特卡罗去碰运气；我呢，要么在花园的藤椅上消磨时光，要么回去写点东西。可这一回，让人十分恼火的争论把我们大家紧紧地拴在一起。要是有人一跃而起，绝不是像平常那样彬彬有礼地起身告退，而是火冒三丈，勃然大怒，就像我上面说的那样，这愤怒已达到狂暴的程度了。

使我们这桌人情绪激动、争吵得难分难解的那桩事说起来委实离奇。我们七个人暂住的那家小旅馆，从外表看的确像座独门独院的别墅——啊，从窗口眺望，岩石嶙峋、波光粼粼，景致多么美妙！——而实际上它是皇宫大饭店的侧翼，收费也比较低廉。中间有座花园，两边连通，因此，我们这些侧楼的住户可以和大饭店的客人经常彼此来往。前一天，大饭店里发生了一桩不折不扣的绯闻，简直是有伤风化。一个年轻的法国人乘坐午班列车，于中午十二点二十分来到这里（我不得不这样准确无误地记下时间，因为对这件绯闻本身、对我们激烈争论的问题的症结，时间至关重要）。他租下靠近海边的房间，这说明此人经济条件颇为优越，可是给人留下好印象、让人喜爱的不只是他那隐而不露的高雅气质,主要是他那非同一般、引人注目的俊秀:他长了一副少女般的瓜子脸儿,嘴唇丰满性感,上面生着柔丝般金黄的短胡子,白皙的前额上覆着几缕柔软的波形卷发,盈盈双眸亲切妩媚,毫不惺惺作态,矫揉造作。远远地乍一看,会使人联想到大时装店橱窗里高大的玫瑰色蜡人,握着华贵的手杖,昂然挺拔,代表着理想的男性美。就是近看之下,也毫无半点的卖弄风姿。因为他身上——实在罕见!——那种可爱之处确实是浑然天成,与生俱来。他打我们面前经过时,向大家逐一点头,挨个问好,态度谦和恳挚,风度潇洒,倜傥风流,没有半点的做作,教人瞧着实在舒服。见到某位太太走向衣帽间,他就赶紧过去代她接过大衣;他用亲切的目光注视着孩子们,或上前说句逗趣的话,显得和蔼可亲,又明白分寸。简单地说,他就是那种上帝的宠儿,既年轻又英俊,倚仗这点魅力就足以取悦于人,屡试不爽,这种感觉就生出自信,而自信心进而又给他增添了新的魅力。对于大饭店里年老多病的客人来说,他的出现不亚于是功德无量的善举。他迈着青春的步伐,展现着活泼清新的生命力,令人看着心旷神怡,钦羡不已。他来了不到两个小时,就同十二岁的阿奈特和十三岁的布朗西打起网球来。她们俩是那位里昂来的大腹便便的工厂主的女儿，母亲艾莉昂特是位长相娇美清秀、稳重端庄的女人。她微微地笑着，看着她的小女儿们像两只羽翼未丰的小鸟，以她们孩童的稚气、天真，于无意间也迎合着这位陌生的年轻人。

黄昏时分，他在我们棋桌旁观看了一个小时，一边看棋，一边讲些精彩的趣闻轶事。随后，又陪着艾莉昂特太太在海边露台上来回踱步了许久，她的丈夫则像平常一样正同生意场上的朋友一起玩多米诺骨牌。晚上，我又发现在办公室的阴影下他正和饭店的女秘书交谈甚欢，亲密得让人生疑。第二天早上，他陪着我的那位丹麦朋友出去钓鱼，垂钓知识之丰富令人艳羡；随后，他又和里昂来的工厂主谈了半天政治，他在这方面也很在行，因为不时地能听到那位胖先生发出的爽朗笑声，这笑声竟压过窗外传来的阵阵涛声。午餐后——我完全按照时间顺序逐一地记述着他的行动，这对于了解事情的实际情况是非常有必要的——他再一次单独和艾莉昂特太太一起坐在花园里喝黑咖啡，时间长达一个钟头之久，接着他又和她的两个小女儿打了一场网球，然后又同那对德国夫妇在大厅里闲聊了一会儿。

六点钟左右，我出去寄信，在火车站那儿又撞见他。

他赶忙向我走来，说必须向我告辞，家里那边的朋友突然有事叫他，过两天他就回来。果然，晚上在餐厅里没有碰到他。不过，虽然不见他的身影，餐桌上，人们异口同声都在谈论他，啧啧称赞他那快乐开朗的生活态度。

半夜，大约十一点钟左右，我坐在房间，打算读完一本书，从开着的窗户，突然听到外面花园里人声嘈杂，又看到对面大饭店里人影幢幢。与其说是出于好奇，倒不如说是惊慌不安，我立刻匆匆走完两楼之间的五十步路程，赶到饭店那边，发现那里的客人和工作人员情绪激动，乱成了一锅粥。原来是每晚在她丈夫准时陪拉穆尔来的朋友玩多米诺骨牌时，艾莉昂特太太总是到海边露台上去散步的，可今晚到这个时候了还没回来，大家都担心她出了什么事。那位胖子丈夫，平时倒是气定神闲，这时却活像一头公牛，一次又一次奔向海滩，朝着夜空呼喊："艾莉昂特！艾莉昂特！"楼上的两个孩子也被吵醒，都穿着睡衣站在窗前，大声呼唤他们的母亲，那位父亲又赶紧冲上楼去，安慰她们。

接下来发生的事情简直可以说是怵目惊心。因为受到沉重的打击，人的情绪变得极其紧张，此时的神情往往极具悲剧的色彩，无论图画抑或语言，都无法把这雷霆一般的打击的力量重新描绘出来。突然,那位胖子丈夫踩着咯吱咯吱响的楼梯走下来,神色大变,一脸的失意,怒形于色,手里拿着一封信。"你叫大家回来吧!"他对饭店的领班说,声音小得几乎听不清楚,"把所有的人都叫回来吧,不用四处找了。我的太太已经抛弃我,走掉啦。"

这个受了致命打击的人,天性里具有超乎常人的坚忍,当着许多人的面,还能竭力控制住自己。所有的人都好奇地围拢过来,大家都感到很惊讶,可面子上又有点不好意思,不知该对他说些什么才好。他身上仅剩的力量使他能够摇摇晃晃、目不旁视地走过我们,进了阅览室,关掉电灯。随后我们听到了他那肥胖笨拙的躯体倒进圈手椅发出的闷响,接着便从里面传出狂嗥般的恸哭声,只有从未哭泣过的男人才会这样失声地痛哭。对于我们每一个人,也包括那些地位低下的侍者,这种发自内心的悲痛都有种让人撕心裂肺的力量。那些侍者,那些出于好奇悄悄走来的客人,谁都不敢露出一丝笑容或说出一句表示惋惜的话。大家都默默无言,面对这种情感的恣意倾泻,似乎都觉得有些尴尬,只得一个接一个地各自溜回自己的房间里去了。只有这个被感情击倒的人在那间黑魆魆的房子里独自抽搐哭泣。直到整栋楼的灯光都相继熄灭后,才听到有人在悄声耳语，低声诉说。

不言而喻，发生在眼前的这件奇事，犹如晴天霹雳在人们头顶上炸响。这自然会使那些平日里懒散悠闲的人们大受刺激。不过，那场在餐桌上猛然爆发、闹得几乎挥拳动武的激烈争论，虽说起因于这桩惊人的奇事，可实质上也可以说是一场关于原则问题的辩论，是一场水火不容的人生观之间的猛烈冲突——那位万念俱灰的丈夫出于恼怒，竟然一时冲动地将那封信搓成一团扔在地上，给一个女仆看到了，她这人口无遮拦，泄露出去了内情——于是人尽皆知，艾莉昂特太太并非单独一人出走，而是跟着那位年轻的法国人一起跑了（这样一来，大家原来对那位法国人的好感顿时化为乌有）。其实，乍一看不难明白，这位娇小秀美的包法利夫人（福楼拜《包法利夫人》中的女主人公，这里用来比喻艾莉昂特太太）抛弃了她那大腹便便、土里土气的丈夫，另换了一位年轻英俊、风流潇洒的美男子。但是令大家不解的是：不论是那位工厂主和他的两个女儿，还是艾莉昂特太太她自己，过去都不曾见过这位花花公子。仅凭露台上那次两小时的交谈，再加上一小时在花园里一块儿喝咖啡，就能叫一个三十三岁、品行无瑕的女人动了心，一夜之间抛弃丈夫和两个孩子，跟她素不相识的年轻帅哥远走天涯吗？这种特殊情况让每个人都大感不解。终于，我们餐桌的这伙人异口同声一致断定，这看起来一目了然的事实根本不足为据，那也只是这对诡计多端的情人为掩人耳目而故弄玄虚摆下的迷魂阵：艾莉昂特太太肯定跟那个年轻人早就有染了，这位勾魂摄魄的恋爱高手这次来到这里，仅仅是为了商定私奔的最后细节而已，因为——大家这样推断说——一位极有身份的太太和这位年轻人认识了仅两个小时，人家一声呼哨，她就立刻抛夫弃子跟人私奔，这事看起来确实有点儿太不合乎常理。我忽然觉得，要是有人此时提出异议，也许会很有趣的，于是，便竭力为这样的一种可能性进行辩解：世上有一种女人，多年来对枯燥乏味的婚姻生活深感失望，潜意识中早已有所准备，逢到任何强劲攻势就会立刻委身相从，这不仅是可能的，而且也是可以令人相信的。

我这出人意料的反对意见，立刻引起了众人激烈的争论，尤其是有两对夫妇极为激动，这一对德国夫妇和一对意大利夫妇同声斥责，竟表现出鄙夷不屑的神情，令人十分难堪。他们说，一见钟情纯属蠢话，那只是低级庸俗小说里面的胡思乱想。

这场餐桌上的争吵从上汤开始，到吃布丁时结束，其间那种狂风暴雨的过程，没有必要在此一一赘述：平常的时候，他们只是偶尔在席间发生争执，一时兴奋，所持的论据大多空洞无物，乏善可陈，多半都是急匆匆胡乱拣来的陈词滥调而已。想不到我们这次的争论竟急转直下达到恶语相向的地步，真是令人费解；我猜，开始动气只是由于那两位先生情不自禁地急于要将自己的太太划在一边，她们绝不可能做出这种水性杨花、放纵自己的事情。可惜的是，这两人找不出强有力的证据来驳斥我，只能说仅仅凭一件很偶然的单身汉轻易得手骗取爱情的例子来判断女性心理的人，才会说出那种话。这种论调使我多少有些生气，那位德国太太竟然接着开火，以一种教训人的口气说道：世上有两种女人，一种是正经女人，另一种是"天生的贱骨头"，照她看来艾莉昂特太太肯定属于后者。这一下我完全忍不住了，口气也变得严厉起来。我指出，一个女人一生的确有些时候，会不受意志的控制，屈从于某种神秘莫测的力量，又不知其所以然，这种情况明明存在；硬不承认，不过是惧怕自己的本能，惧怕我们天性中的邪恶成分，想要掩盖内心的恐惧而已。而且，许多人觉着自己比"易受勾引的人"更坚强、更道德、更纯洁，便感到很欣慰。我个人的观点是，假如一个女人能自由自在、光明磊落地顺从自己的本能，倒比一般常见的那种假依在丈夫怀里闭起眼睛撒谎，要好得多。大家争论的火气越来越大，而别人越是攻击可怜的艾莉昂特太太，我就越是为她辩护（其实已远远超出了我内心的真实感受）。对于这两对夫妇，我这么慷慨激昂无疑是——用大学生们的行话来说——对他们进行公开挑战了。他们四人就像一组不甚和谐的四重唱，咬牙切齿地向我发起猛烈的攻击。那位丹麦老头满脸含笑，坐在一边，就像个握着跑表的足球赛裁判员似的，每当形势不妙，他就不得不用指关节在桌子上敲几下表示警告："先生们，请注意风度！"但结果也只能是缓和一会儿。一位先生面红耳赤，已经从桌旁跳起来三次，他太太费了好大的劲才按住他，——简而言之，再过十几分钟，要不是C太太突然插话，我们的争论就会以大打出手而告终，她的话就像一滴润滑油，终于平息了这场口舌之争。

C太太是一位年迈的英国贵妇，她白发苍苍，娴静高雅，我们大家一向默认她为全桌人的名誉主席。她端坐在自己的座位上，对每个人都同样和蔼可亲，很少说话，却总是兴趣盎然地倾听别人讲话，单是她的神情体态就够让人赏心悦目、心旷神怡了。她那雍容华贵的贵族气息散发出一种心敛意宁的奇妙风采。她对每个人都保持着一定的距离，同时又很巧妙地让每个人都觉得她特别亲近：通常她坐在花园里看书，有时弹奏钢琴，很少见她跟别人交往或者跟人长谈。大家都不怎么留意她，然而对大家来说，她自有一种奇特的威慑力。譬如此刻，她第一次加入我们的争论，大家马上就感到难堪，不约而同地感到吵得太过分了。当时正是那位德国先生嚯地跳起来，接着又被按在桌边重新坐下，C太太就趁着这个难得的间歇插话进来。她出乎意料地抬起一双清澈的灰色眼睛，在迟疑地看了我一会儿后，冷静而又吐字清晰地说道：

"如果我理解正确的话，您真的相信艾莉昂特太太会完全无辜地被卷进一场突如其来的冒险之中，相信确实有某种神秘莫测的力量会使一个女人做出一小时以前自己还认为决不可能做出、也无法对此负责的事情来？"

"我对此坚信不疑，尊贵的夫人。"

"这样一来，任何道德评判都是毫无意义的，任何伤风败俗的越轨行为都有理有据了。如果您真的这么想，法国人所说的'出于激情之罪'就算不得什么罪行了，那么国家的司法机关还有存在的必要吗？在这种事情上不能仅凭着好心善意来判断——而你却是个大好人，"她笑着又补充一句说，"你要在每桩犯罪行为里找出激情，并用这种激情来为之开脱罪行。"她那种清晰而又令人愉快的声调，听起来让人感到非常舒服，于是我也不由自主地模仿她那种冷静的态度，同样半说笑半认真地回答说，"司法机关对这类事情的判断当然比我严厉得多，毫不徇情地维护普遍的风化习俗，那是职责之所在：他们要做的是判决，而不是宽恕。而我，一介平民，为什么非得扮演检察官的角色不可呢，我宁愿当一名辩护律师。我个人最感兴趣的是理解别人，而不是审判别人。"

C太太睁大清澈的灰色眼睛，直愣愣地瞪着我，看了好一会儿，显出些许的迟疑。我担心她可能没有听明白我的意思，打算用英语重复一遍。突然，她又继续发问，态度格外严肃，简直就像是个考官。

"一个女人撇下自己的丈夫和两个孩子，随随便便跟人跑了，压根就不知道那人是否值得她爱，这种事您就不觉得可鄙或者可厌么？一个早已不再年轻的女人，为孩子们着想也该懂得自尊自重，行为却如此不检点，难道你觉得这样的女人真的值得原谅吗？"

"我再说一遍，尊贵的夫人，"我坚持着自己的意见，"这类事我既不愿审问，也不愿判决。在您面前，我完全可以承认，我刚才的话有点言过其实，——这位可怜的艾莉昂特太太自然不算什么巾帼英雄，也不是天生就喜爱什么冒险猎奇，更不是什么'恋爱高手'。她在我的眼里，只不过是一个平平常常而又个性软弱的女人，我对她多少有些敬意，那是因为她敢于去追寻自己内心的欲望，但是我更觉得她可怜，因为她明天，说不定今天，就会深深地陷入不幸之中。她这么做也许很愚蠢，操之过急，却绝对不能称之为卑劣下流，我始终坚持认为：谁也没有权利去鄙视这个可怜的不幸的女人。"

"你自己呢？到现在还和以前一样尊敬她么？一个是前天跟你在一起时还值得尊重的女人，另一个是昨天跟素昧平生的男人私奔的女人，对这两种女人，您会完全不加区别吗？"

"没有区别。一点区别也没有，半点也没有。"

"真的吗？"她不由自主地说起英语来了，我的这些话显然又使她想起了什么。她思索了片刻，然后抬起清澈明亮的眼睛，又一次望着我，脸上还带着追问的神情。

"要是明天，您又遇上艾莉昂特太太，假如说在尼斯，正跟那个年轻人手挽着手儿，您还会上前向她问好吗？"

"那是当然啦。"

"还会跟她聊天吗？"

"是呀，当然会了。"

"你还会不会——如果你……如果你结了婚——将这样一个女人介绍给你的太太呢？在介绍的时候，对她过去的事情只当什么也没有发生过？"

"那是自然。"

"你真会这么做？"她又说起英语来了，一脸的怀疑。

"我肯定会这么做。"我下意识地也用英语回答。

C 太太不说话了。她似乎陷入到了沉思之中。突然，她好像发觉自己太无顾忌，有些失态，一边凝视着我，一边说："我不知道我会不会那样做。说不定我也可能会那样做的。"随后，她以一种无法形容的稳重沉着的姿态站起身，亲切地向我伸出手来，只有英国人才会以这种方式结束谈话，这样就不显得唐突失礼了。由于她的影响，餐桌上终于风平浪静了，大家由衷地感激她，正是因为她，刚才我们这些还怒目相向势不两立的人，此刻又都相当客气地互相致礼，说着些轻松的玩笑话了，颇为危险的紧张气氛缓和下来了。

虽说我们的争吵最终以骑士风度收场，那点被激发的恼恨却使得我的对手们和我之间略有疏远。那对德国夫妇从此不多开口，而那对意大利夫妇接连几天一再地挖苦我，问我有没有听到一些有关"亲爱的艾莉昂特太太"的消息。表面上我们仍是彬彬有礼，温文尔雅，但是我们餐桌上从前那种以诚相待不拘形式的亲密关系却难以挽回了。

那次争论以后，C太太竟对我特别地亲切，相比之下，我更体会到那几位死对头的连讽带嘲的冷淡态度。C太太一向矜持稳重，除了用餐时间以外从不和人闲聊，现在却常常找机会在花园里跟我聊天，并且——我甚至可以说，她对我的确是格外的垂青，因为平日里她一向态度矜持，一次与人私下里的谈话就会让人觉得是备受恩宠了。真的，说实话，我不得不说，她简直是存心找我，找了各种各样的理由来跟我聊天，每次都用意明显，她要不是一位萧萧白发的老太太，我真的会有点想入非非了。可是，谈着谈着，我们的话题不可避免地总要回到原点，落到艾莉昂特太太身上。她好像给人一种非常玄妙的感觉，谈起这事就对那个不守本分的女人大加非议，极力谴责她水性杨花，心志不坚。可与此同时，看见我态度坚决，不改初衷，对那位秀美纤弱的女人始终抱有同情之心，她又似乎深感欣慰。她一再将我们的谈话引向这个方向，最后我竟被弄得莫名其妙，对于这种奇特的、几乎像是忧郁症造成的执拗，我不知道究竟该怎么想才好。

在后来的五六天里，对这样的谈话对她说来为什么这么重要，她却不曾有过一丝一毫的透露。不过，我清楚地意识到这其中一定另有蹊跷。在一次散步中，我捎带提了一句，我的假期已满，准备后天就要启程回去了。她素来安详宁静的脸上一下子显出异样的紧张表情，就像一片乌云天外飞来，掠过了她那双海水一样碧绿的眼睛："多么遗憾啊！我还有许多话要跟你说呢。"刹那间，她显得神情恍惚，忐忑不安，让人觉得她说话时正想着别的事情。最后，她蓦地惊醒过来，在沉默了一会儿后，才冷不丁地把手伸给了我说：

"看来，我想要对你说的事一时半会儿说不清，我还是写信给你吧。"一说完，她就匆忙转身走向旅馆，脚步急促，完全不像我平时见到她时的样子。

果然，就在当天晚餐之前，我在房间里发现了一封信，正是她那遒劲有力的笔迹。遗憾的是，我对年轻时代的文件书信处理得过于随意，因此没法在这儿引用原文，只记得信上曾经问我，能否把她自己的人生经历说给我听。她在信里说，那段插曲如今已是陈年往事，跟她现在的生活已无牵连，而且我后天就要离开，把二十多年来埋藏心底的苦恼事儿向我倾诉，对她来说也不是太难以启齿。假如我对这样一次谈话并不感到冒昧,她想请我给她一小时的会谈时间。

以上只是此信的大体内容,当时原信异乎寻常地勾起了我的兴趣;信是用英文写的,单是这一点就能看出她态度明确,心意已决。可在写回信时,我却感到很难,接连撕掉三次草稿,才最终写好:

"您对我这么信任,我深感荣幸。如果您觉得有必要,我可以保证严守秘密。凡是您不愿意说出的事情,我自然不敢强求。唯愿您叙述时,能对己对人严守真实。您对我的信任,我视为殊荣,决非虚套。"

晚上,我将这封短信送到她的房间里,第二天早晨我又发现了一封回信:

"你完全正确:只说一半实话,毫无价值,全盘托出才有意义。我将竭尽全力,做到毫无隐瞒,以免违背我的本意,辜负您的期望。请您晚餐后来我的房间——我已六十七岁,用不着避谗防嫌。在花园里或人多的场所,我难以从容详谈。请您相信,对我说来,下此决心绝非易事。"

那天中午,我们在用餐时还见过面,神色自若地谈了几句无关紧要的话。可是,饭后在花园里,她一见我就慌忙躲开，这位白发苍苍的老太太竟会像一位羞答答的少女，一转身就溜进了林荫道里，我看着有点不好意思，同时也大受感动。

到了晚上约定的时间，我去敲门，房门应声而开：里面灯光昏暗，只点着一盏台灯，在桌上投下一圈黄影，屋子里的其他地方都罩在暗影里。C太太大大方方地走过来迎接我，请我在一把圈手椅上坐下，她自己也在我对面落了座。这些动作，我觉得，都是她预先安排好的。然而，之后相对无语，却还是出现了冷场的局面，这显然非她所愿——迟迟难下决心，愈延愈久，而我也不敢轻发一言打破这一沉默，因为我看出，一个坚强的意愿正在努力挣扎，力图战胜一股顽强的阻力。楼下客厅里不时隐约传来华尔兹舞曲时断时续的乐声。我屏息凝神，仿佛想要减轻一下沉默带来的无形压力。C太太似乎也感觉到这种不自然的紧张状况带来的尴尬，于是她振作了一下，像是要纵身跳起来似的开口说话：

"万事开头难。两天以来我一直准备要把这件事清清楚楚原原本本地讲出来：但愿我能做到。也许你现在还不明白，为什么我要向你，一个素昧平生的人，讲述这一切。但是，没有一天，甚至没有一个小时，我不在想这桩往事。您不妨相信我这个老年人的话：一个人对于自己生命中唯一的一点，唯一的一天，竟死死地盯了一辈子，这实在是让人无法忍受。因为我打算告诉你的事，只占了我这六十七年生命中的二十四个小时。虽然我经常宽慰自己，但我还是几乎到了神经错乱的地步，我对自己说：人一生中只在一天的时间里糊涂过一回，那又算得了什么呢？然而，你却无法摆脱人们称之为良心的那个很不确定的东西。上回听你十分冷静地分析艾莉昂特太太的事情时，我就暗自思忖：如果我能够下定决心，找到一个什么人，将那一天的经历对他痛痛快快地说出来，也许这样，我这种毫无意义的苦思冥想和没完没了的自怨自艾也可就此打住了。倘若我信奉的不是英国国教，而是天主教，我早就有忏悔的机会，说出这件隐瞒已久的事情，以求得到赦免了——我无法从这样的一种幻想中得到安慰，因此我今天利用这一奇特的方法，向你讲述这一切来寻求自我解脱。我知道，这么做有些荒诞离奇，可是，你毫不犹豫地接受了我的请求，为此我向你表示感谢。

"我已经说过，我打算向你讲的是我一生中绝无仅有的一天——其余的一切在我看来都毫无意义，别人听来也觉得枯燥乏味。我四十二岁以前可以说从未做出任何越轨的行为。我的父母是苏格兰富有的乡绅，开着几家大工厂，还有很多田产。我们过着乡间贵族式的生活，一年大部分时间住在自己庄园里，夏季则去伦敦避暑。我十八岁时在一次宴会上认识了我的丈夫，他是名门望族 R 家的次子，在驻印度的英国军队里服役了十年。我们很快就结了婚，婚后在我们的社交圈里过着欢乐无忧的生活，一年有三个月待在伦敦，三个月住在自己的庄园里，其余时间到意大利、西班牙和法国去旅行。我们的婚姻非常美满，从未蒙上过半点阴影，我们的两个儿子如今已长大成人。在我四十岁那年，我丈夫突然去世。他以前长年生活在热带，使他染上肝病，这次旧病复发，前后不到两个礼拜，我便永远失去了他，这真是太可怕了。当时我的大儿子在军队服役，小儿子在大学念书，像我这种习惯了让人关心和体贴的人，一夜之间就成了孤家寡人，空虚寂寞令我苦不堪言。那所凄凉的空荡荡的宅院让我触景生情，它时刻提醒我痛失丈夫的悲痛事实。我只觉得在那儿多待一天也待不下去了；于是我决定，今后几年，在我的两个儿子成家之前，靠旅行来排遣寂寞。

"从那时起，我基本上认为自己以后的生活都毫无意义、毫无用处了。二十三年来与我形伴影随、情投意合的人已经亡故，孩子们并不需要我，我担心自己的郁郁寡欢会破坏他们的青春快乐——为自身计，我已无欲无求，生无可恋。一开始，我移居巴黎，烦闷时出去逛逛商店，参观参观博物馆；可是，这座城市的许多事物在我看都显得陌生、无趣，这里的人我也不愿接近，他们见我身穿丧服而彬彬有礼地表示可怜惋惜的神态真的让我受不了。那几个月我昏昏沉沉，恍恍惚惚地东飘西荡，那种像吉卜赛人一样流浪的日子究竟如何度过的，我自己已无从再述：我只知道，当时我只求速死了此残生，只是缺乏勇气，自己不敢完成这一痛苦的心愿。

"在我孀居的第二年，也就是在我四十二岁那年，还是因为安顿不下来，只好依旧四处游荡，混过这一段已变得毫无价值、令人愦闷欲绝却又不能速死的时光，于是，我在三月末跑到了蒙特卡罗。说实话，我到蒙特卡罗来是由于百无聊赖，那种内心空虚令人深受折磨，像是一阵胀塞胸臆的恶心似的，至少得找点外界的小小刺激来填补一下。我自己越是失情少绪，心冷意沉，便越是感到有一股强大的力量，把我推往生活的陀螺旋转最快的地方：对于缺乏人生经历的人来说，欣赏别人激越的情感倒不失为一种精神感受，犹如看戏或听音乐。

"就因为这，我也常去赌场。在那里可以冷眼旁观，看那些人时而欢天喜地时而惊愕失色，无数张脸瞬息万变，幻化无穷，这种惊涛骇浪同时也在我内心起伏跌宕，令我目眩神迷。另外，我丈夫生前偶尔也去赌场玩玩，但从不逞能任性。对于他的这些往日习惯，无意之中我仍怀着某种虔敬之心继续保持着。就是在那里，开始了我一生中的那二十四小时，荡气回肠，远胜一切赌博，从此以后我的命运一直为其困扰着。

"那天中午，我跟封·M.公爵夫人，我家的一个亲戚，共进午餐。吃过晚饭以后，我觉着还不够困，不能立刻上床睡觉。于是我就去了赌场，自己并不下注，只是在各个赌台之间来回溜达，用一种特殊的方式暗自观看一堆堆鱼龙混杂的赌客。我说的'特殊的方式'，那正是先夫教给我的，因为我曾经向他抱怨，说看人赌博看得令人心烦，了无生趣。老盯着同样的那几张脸：在软椅上坐几个小时才敢下一回注的干瘪老太婆，老奸巨猾的赌痞，玩纸牌的妓女——这班人都是令人生疑、乌七八糟的家伙。你知道，他们这些人在拙劣的小说里总是被描绘得花里胡哨、罗曼蒂克，仿佛全是高雅人士和欧洲贵族，其实远非如此。不过，二十年前的赌馆，跟今天相比，吸引人的地方可多得去了。从前，桌上滚来滚去的还都是让人浮想联翩、看得见摸得着的现金，发出簌簌响声的新钞票，金晃晃的拿破仑金币，厚实的五法郎银币，而今天在新建的富丽堂皇的豪华赌城里，只见一帮市民化的游客，拿着一叠毫无特色的筹码，无精打采、索然无味地随手扔光便算了事。当年我觉得那些无动于衷、索然无趣的面孔实在没什么看头，因此我丈夫——他本人对手相术，即阐释手相的学问，有着强烈的兴趣——教给我一个非常特殊的观赏方法，这比懒懒散散无精打采地呆站着要有趣得多，刺激得多。这方法就是：不看任何一个人的脸，只看桌子的四周，在桌子四周又只盯着人的双手，只留意那些手的特殊动作。我不知道您是否也碰巧这么做过，眼里只盯着绿色台面，只看那一片绿色的方块。在它的正中央滚动着一颗弹子，活像醉汉似的跌跌撞撞、摇摇晃晃，从一个码子跳到另一个码子，一张张钞票，一块块银币金币，接连不断地落到方格之中，好似播种一般，马上，管台子的挥动手里的笆杆，像锋利的镰刀似的把它们全部割去，或者把它们推到赢家面前。像这样放眼静察就能发现，唯一发生变化的只有那些手——绿色桌台四周有许许多多的手，都在不安地躁动着，在等待时机。每只手都从各自的袖筒里探出来，都像一头一跃而起的猛兽，形状各异颜色不一，有的不戴饰品光溜溜的，有的戴着指环和叮当作声的手镯，有的长满茸毛活像野兽，有的汗湿手心盘曲如鳗鱼，却因为迫不及待，都在紧张得微微地发抖。

"见到这般情景，我情不自禁地联想到赛马场，在起赛线上，得使劲勒住昂首待发的马匹，以免它们抢先奔出：那些马也正是这样浑身战栗、扬头竖颈、高举前蹄。从这些手在如何等待，如何攫取，如何停住，便可教人识透一切：贪婪者的手紧抓不放，挥霍者的手松弛无力，老谋深算者的手安详平静，瞻前顾后者的手颤动不已；百种性格都在抓钱的手势上暴露无遗，有人把钞票揉成一团，有人神经过敏竟把钱搓成碎片，有人筋疲力尽、双手瘫软，整个赌局中全没有了动静。我知道有句俗话说得好：赌品即人品；可是我要说：赌博时手更能清晰地显示一个人的人品。因为所有赌徒，或者说，几乎所有的赌徒，很快就能学会控制自己的面部表情——他们都会在衬衫衣领之上装出一副无动于衷和冷漠的假象——他们能控制嘴角的皱纹，咬紧牙关控制内心的激动，镇定眼神不露出焦灼之色。他们能把自己脸上青筋直暴的筋肉平复下来，装成满不在乎的模样，真不愧技艺高超。然而，恰恰因为他们集中精力来控制面部表情，却忘了他们的两只手，更忘了有人只观察他们的手，从一双手可以猜出他们强带欢笑的双唇和故作坦然的目光所想掩盖的东西。手将隐藏的秘密毫无顾忌地表现出来。因为，不可避免地，会出现这一瞬间，所有这些竭尽全力才控制住的手指似乎沉睡已醒，脱缰而出：那就是在转轮里的弹子落进码盘，管台子的报出中彩数字那一秒，就在这一秒，成百只手或五百只手不由自主地纷纷做出自己的动作，因人而异，各自不同，种种原始的本性全都淋漓尽致地暴露出来。谁要是像我一样（由于我丈夫有此嗜好，他才传授给我），善于观察这些手，他一定会感到，千差百异的性格总会通过各种各样的、出人意料的手姿显示出来，远比戏剧或是音乐更能扣人心弦：手的表现方式究竟是多么的千差万别，我没法向您描述。每一只手都像野性难驯的凶兽，有的弯曲多毛，攫钱时与蜘蛛无异，有的神经战栗血色全无，几乎不敢去拿钱，有的高尚，有的卑鄙，有的残暴，有的猥琐，有的诡诈奸巧，有的讷讷无语，真是应有尽有——给人的印象绝没有雷同，因为，每一双手都反映出一种独特的人性，只有管台子人的四五双手算是例外。管台子人的手纯属机器，动作冷静精确，纯粹是执行任务，完全置身事外，跟那些蠢蠢欲动的手相比，恰像点钞机上嘎嘎作响的钢齿。可是，这几双冷静的手，跟那些激情如火求战心切的手相比，还是令人惊叹不已：他们（我可以这么说）犹如暴乱时全副武装整齐地站在人潮汹涌的群众中的警察。除了这些，我还有些个人的感受：一连看了几天，我已熟悉某些手的种种习惯和脾性；几天以后我就能够从这许多的手中找到熟人，我把它们像人一样分成两大类，一类讨人喜欢，一类令人厌恶；有的手贪得无厌，让我十分反感，我总是把目光避开，只当是遇着了不堪入目的污秽之物。台桌上出现的每一只新手，都是一番新的经历，引起我的好奇：我往往忘了抬眼看看上面的那张脸，总觉得不过是一副冰冷世故的假面，一动不动地置在一件礼服衣领或是戴着珠光宝气的脖子的上面。

"那天晚上我走进赌场，有两张赌台已经挤得水泄不通，我绕着走向第三张台子，摸出几个金币准备下注，忽然迎面传来一阵非常奇怪的声音，我大吃一惊。那时人人定睛个个紧张，心神似乎都被寂静霍慑住了，每当弹子跑得筋疲力尽只在最后两个码盘上跌跌撞撞时，就会出现这样一种间歇。此刻我竟听到一阵咯咯喳喳的响声，像是手指骨节折断的声音。我不由自主地向对面望了一眼，立刻见到——真的，我大吃一惊！——一双我从没见过的手，一只右手和一只左手,像两只暴戾的野兽互相纠缠,在疯狂的搏斗中你推我搡。指关节咔咔作响,发出像砸碎核桃一般的清脆响声。那是两只罕见的秀美的手,纤细修长,却又丰润白皙,指甲没有血色,甲尖圆润,泛着珍珠般的光泽。那晚上我一直盯着这双手——这双非同寻常、世间绝无仅有的一双手,的确令我如痴如醉——尤其让我感到惊讶的是这双手所表现出的狂热如炽的激情,它们的抽搐痉挛,互相扭缠和彼此撑拒。我顿时意识到,这是一个感情充沛的人,正把自己的全部激情都挤压到指尖上,免得留在体内胀裂了心肺。突然,在弹子发着轻微的脆响落进码盘、管台子的报出数字的那一瞬间,这双手顿时分开倒下,像两只猛兽被一颗子弹同时打了个对穿。两只手双双瘫倒,筋疲力尽,可以说是已经死了,像雕塑一般瘫在那儿,无力绝望,如遭雷击,一命呜呼,我实在无法用语言形容。因为,我此前没有,以后也再没有,见过这么一双蕴意无穷的手,每根筋络都在诉说,所有的毛孔几乎都涌现出难以名状的激情。这两只手像是被海浪掀上岸的水母,在绿色台面上平躺着,毫无生气。然后,有一只手,右边的那一只,从指尖开始又慢慢地费力抬起来,颤抖着猛地缩了回去,转着圈,摇摇晃晃颤颤悠悠,最后神经质地抓起一个筹码，用拇指和食指捏住，犹豫不决地捻着，像在转一只小轮子。突然，这只手活像一头猎豹猛地拱起，飞快地一弹，仿佛啐了一口唾沫，把那枚一百法郎的筹码扔到下注的黑格子里。那只静卧不动的左手这时也像听到一声讯号，变得警觉：它直竖起来，缓缓动着，也可以说是偷偷爬行，挨拢到那只瑟瑟发抖的右手旁边。于是，两只手惶惶悚悚地拢在一处，由于刚才的一掷而显得筋疲力尽。两只肘腕悄无声息地敲击着台面，像是得了伤寒，上下牙直打战——我没有，从来没有，见过这样一双传神的手，从未见过，激动和紧张能以这样淋漓尽致、震撼人心的方式表现出来。望着这双颤抖不已、连连喘息、迫不及待的手，我突然觉得整座大厅里的一切都停滞不动了，尽管四周纷纷扰扰，管台子的人像街头小贩似的大声叫喊，人们熙熙攘攘川流不息，转轮里的弹子巡回滚动，发疯似的在平坦的圆形木笼里跳动不已——所有这些五光十色的景象，嘤嘤嗡嗡的声音，令人目眩头晕的纷扰对我来说全不存在了，我紧紧盯着这双人世间绝无仅有手，竟被它迷住了。

"最后，我终于抑制不住自己的好奇心，一定想要见见这个人，看看这双魔力无穷的手究竟是谁的，此人究竟长着一张什么样的脸，于是，我提心吊胆地——的确，真是提心吊胆，因为，那双手叫我心惊胆战！——慢慢地移动目光，顺着衣袖向上走，掠过两只瘦削的肩膀。这一次又令我全身猛震：这张脸和那双手一样，表现出来的是同样的漫无节制、荒诞激越、固执倔强，却同时又具有近乎女性般的俊美。我从来没有见到过这样一张脸，一张放纵自己、得意忘形的脸，我有充分的机会去观赏它，犹如观赏一副面具，观赏一尊没有眼珠的雕像。那一对着了魔的眸子决不左顾右盼，漆黑的瞳仁凝固不动，宛如两颗没有生命的玻璃弹子。我不得不再说一遍：我从来没见过一张如此紧张、如此迷人的脸。那是一个二十四岁左右的年轻人的脸，清秀俊美，稍显狭长，然而表情极其丰富。它正像那双手，完全缺乏男子气概，倒更像是在游戏中纵情玩耍的孩子的脸——不过，这些都是我后来才注意到的，当时，这张脸上充满的都是贪婪和疯狂的表情。薄薄的嘴唇半张着，露出一半的牙齿，十步以外就能看到它们在打战，两唇始终没有闭上过。额头上黏着一绺湿漉漉的金发，向前边耷拉着，像是跌了一跤。鼻翼不住地翕张，仿佛皮肤下面有一阵无形的浪花在汹涌澎湃。他一直探着脑袋，不自觉地朝前倾，让人觉得他似乎想把整个身子投进轮盘里，跟着弹子一起旋转。这时我才明白那双手为什么痉挛抽搐，只有这样，才可以使失去重心的身体保持平衡。我从来没有——我定要再说一遍——见过一张脸，在众目睽睽之下竟可以如此兽性大发、如此恬不知耻地把激情赤裸裸地倾泻出来，我紧盯着这张脸……为其如痴如醉的神情所吸引，我也被弄得意荡神迷，正像他两眼着魔似的紧盯着那转动的弹子一样。从这一秒钟起，大厅里的一切全不在我眼里了，跟这张脸上迸射出来的熊熊火焰相比，一切都显得苍白模糊，暗淡无光了。整整一个小时，我越过众人只盯着这一个人，盯着他的每一个手势。当管台子的人将二十枚金币推到他面前时，那双眼睛顿时闪烁出炯炯的光芒，两只手像是被炮弹炸开，手指抖抖索索，一下子全张开了。在这一刹那，这张脸突然变得容光焕发，平滑润泽，显得更加年轻，俯斜的身子精神抖擞，轻快矫健地向上直挺——他居然也坐下一回了，像个骑士，全身放松，眉飞色舞，一副胜利者的表情。手指头摆弄着那些圆圆的金币，得意扬扬地弹着，使它们相互碰击，弄得叮当乱响。然后，他转动脑袋，静静地扫视了一下绿色台面，像一头小猎犬伸出鼻子到处乱嗅，找寻真正的猎物。蓦地他抓起一把金币向前一扔，全投到一个小方格子里。紧接着，面上出现期盼、紧张不安的急切表情。嘴唇又触电似的颤动不已，两只手又痉挛似的纠缠在一起,孩子气的神情完全不见了,脸上又现出欲念炽热的贪婪表情,直到最后,这种焦灼紧张猛然崩溃,化成极度失望:刚才兴奋得像孩子似的脸突然憔悴不堪,变得灰白苍老,目光呆滞,——这一切仅仅发生在一秒钟之内,就在转轮里的弹子落进他猜错的一个号码里的那一秒。他输了:他直愣愣地呆看了好几秒,目光呆滞,仿佛不明白这是怎么回事一样,可是,管台子的刚一高声叫喊,他立刻伸手一攫,又抓起一把金币。然而,信心已经丧失,他先将那几块金币押在一门上,随后又改变主意,挪到另个一门上,弹子已经开始滚动,他猛地一俯身,举起直打哆嗦的手,飞快地又扔出两张捏得皱巴巴的钞票,押在同一门上。

"像这样忽输忽赢,忽下忽上,从不停手,大约过了一小时。这一小时里,我一直盯着那张变化莫测的脸和那双魔力无边的手,直到看得我头晕目眩。激情如潮汐一般涌上那张脸,一时陡涨一时猛退。那双手根根血管如同喷泉,一时突起一时落下,生动形象地表现出他激情的起落。就是在剧院里,我也从未这么紧张地注视过一个演员的脸,种种色彩和情绪一刻不停地在这张脸上变幻,好似阳光和阴影在一片自然风景中交替呈现。就是在看戏时,我也从未有过这般身临其境的感觉,没有这样深切地感受过别人的悲欢忧喜。要是有人那晚观察我,会认为我那么目定神呆的定是受到了催眠,我当时目眩神迷,那状态确实也像被催眠了——那张脸表情变幻莫测生动万千,我简直无法把目光移开。大厅里的其他一切,灯光、笑声、人影、目光,迷蒙暗淡混杂交织,仿佛四周浮着一团浑黄的烟雾,烟雾之中唯有那张脸在闪烁,宛如燃烧的烈焰。我耳无所闻,目无所视,身边的人挤进挤出我全然不觉,别人的手触角似的突然伸进来,或者扔钱或者攫取,我毫无觉察:转盘里的弹子我视而不见,管台子的喊声我充耳不闻。我如同身在梦中,那双手恰像两面凹镜,由于情绪兴奋和感情冲动而大为扩张。弹子掉进红格还是黑格,正在滚动还是已经停止,我根本不用去看轮盘:那张激情涌动的脸,神经敏锐,表情万千。输赢得失、期待失望都如同晴雨表似的反映在了这张脸上。

"可是,一个惊心动魄的瞬间终于出现了——我心中隐隐约约一直担心会有这样的一个时刻到来,它像一场即将来临的暴风雨悬在我紧张不安的神经之上,此刻果真突然降临了。转盘里的弹子又发出噼噼啪啪的脆声向后倒转,那一秒又到了,两百张嘴屏住呼吸,管台子的人高声报出——这回是：'空门。'同时急忙挥动筢杆，将许多叮叮当当的金币银币和簌簌作响的大小钞票全部揽了过去。就在这一瞬间，那两只手做出一个触目惊心的动作，它们猛然一跃而起，像是想要去抓住一件看不见的东西，随后又跌落到桌子上，力尽气绝。可是后来，它们忽地一下子又活跃过来，离开了桌面，逃回自己身上，像野猫似的在身上乱爬一气，忽上忽下、忽左忽右，神经发作似的伸进所有的口袋，想在什么地方发现一枚被遗忘的金币。可是，搜来搜去始终一无所获，这种毫无意义、毫无结果的搜寻一遍又一遍地不停重复。与此同时轮盘已经重新旋转起来，别人继续下注，钱币叮当乱响，椅子挪来挪去，百样杂声嗡嗡嘤嘤，充斥着整座大厅。我心惊胆战，全身战栗：我不由得有了跟他同样的感受，仿佛是我自己的手指，急切绝望地摸遍每一个口袋，抓捏着衣服上每一道褶裥，力图找出一个金币来。突然，我对面这个人噌地站起身来——就像有人突然感到身体不适，直起身来以免窒息；在他身后，椅子吧嗒一声倒在地上。他压根就没有回头，也不注意身边的那些人，拖着沉重的脚步离开赌台，大家对这个摇摇晃晃的人纷纷避让，惊惧不已。

"在这一瞬间，我被吓傻了。因为我突然意识到了这个人要去哪里:他是要走向死亡。谁要是这样站起身来,决不会是回到旅馆,也不是到酒店去找女人,或是去搭火车,也绝不会是要回到生活中的任何一个方面去,而是直截了当地跌入那无底的深渊。在这间地狱般的大厅里,即使是感情极端冷酷的人也能看出这个人不论是在家里、银行或者亲戚那里都得不到任何资助。他明明是带着最后一笔钱,带着他的性命,到这里来孤注一掷,现在他跟跟跄跄地走了,不知去往何处,但肯定是往绝路上去了。我很担心,从一开始就像着魔似的有种感觉,只感到在这场赌博中有点什么远远超出输赢本身。这时,我看见生命从他的眼里突然消逝,这张刚才还那么生机盎然的脸竟被死神罩上一层灰色,我只觉得一道黑黝黝的闪电,猛地击在我身上。当这人从座位上突然抽身,摇摇晃晃地走开时,我不由自主地——他那生动形象的手势还历历在目——用手抵住桌子,因为,那种蹒跚走路的样子现在从他身上传到我身上,正像先前他的兴奋紧张感染了我一样。后来,我还是被他吸引了,我身不由己地跟着他:这并不是出于我的本意,我的脚步是本能地向前移动。这完全是我无意识的行为,根本不是我自己想这么做,而是自然而然地就发生了,我谁也没理,对其他的一切都毫无感知,只是径直向通往门口的走廊跑了过去。

"他站在衣帽间,仆役给他拿出大衣。可是,他的手臂不听使唤,殷勤的仆役费了好大的劲才帮他穿上大衣,像是在帮一个胳膊折了的人。我看见他把手伸进背心的口袋里,机械地摸索着,想要给仆役一点小费,可是,口袋里空无一物。这时,他像是突然明白,神情窘迫,喃喃地向仆役说了一句什么,便又像刚才那样蓦地转身走开了,像个醉鬼一样跌跌绊绊跨出赌场门口的台阶。仆役对着他的身影望了一会儿,脸上显出一副轻蔑的神情,随后才会心地笑了笑。

"这场面让人震撼,我在一旁看着很难为情。我不禁把脸转了过去,像在剧院的舞台前看到一个陌生人极其失望的表情——可是后来,那种莫名其妙的担心又把我往前推。我匆匆忙忙叫仆役给我拿过大衣,脑子里一片空白,机械地、不自觉地步入到外面的夜色中间,去追赶这位陌生人。"

C太太讲到这里停了一下。她一直保持着她特有的平静和矜持,一动不动地坐在我的对面,娓娓道来,几乎毫不间断,只有内心早有准备、对发生的事情仔细梳理过的人才能这样。此刻她第一次中止了叙述,显得有些迟疑不决,

临了,她抬起头来望着我说:

"我向你也向自己做出过保证,"她略显不安地开始说,"要真实坦率地讲出事情的全部。可是,我现在必须请求你,希望你对我的诚意能完全信任,不要以为我当时的举动有别的目的。即使真的另有所图,我今天也不会羞于承认的,如果以为我在当时的情况下另有想法,那是妄自猜测。所以,我必须强调,我到大街上去追这个希望破灭、精神崩溃的人,丝毫不是因为我对这位年轻人有什么爱慕之意——我脑子里根本没有想过他是一个男人——那时我已经四十多岁了,打丈夫去世以后,我从来没有正眼看过任何一个男人。我早已心如止水:我要向你明确地说出这一点,而且非要讲清楚,否则的话,你会无法理解后面的事情有多么可怕。另一方面,我又真的说不清楚究竟是怎样的一份情感竟如此强烈,驱使着我去追赶那个不幸的人。这里面有好奇的成分,可是,最主要的还是一种惊恐不安的担忧,或者更确切地说,是害怕某种恐怖的事情发生。从第一刻起,我就隐隐约约感到有一团可怖的阴云笼罩在这个年轻人身上。然而,这些感觉无法解释,尤其是因为它们过于突兀急速,过于迅猛强劲,错综复杂地交织在一起——就像在街上看到一个孩子有被汽车碾压的危险,会马上跑过去一把将他拉开一样，当时我所做的很大程度上就是出于这种急于救人的本能和冲动。或许，换个比方更能说明问题：有些人自己不会游泳，看到别人喝醉酒掉进河里，就立刻从桥上纵身跳下。这些人来不及考虑，凭自己一时冲动徒然去冒险的做法究竟有无意义，就像是受了某种魔力的牵引，被一股不可名状的力量推动着。那时的我也正是如此，不加任何思索和考虑，就跟着那个不幸的人走到赌场门口，又从门口一直追到了街边的露台上。

"我相信，不论是你，或是任何一个头脑清醒感觉灵敏的人，都会受到这种心急如焚的好奇心的驱使，因为，看到那个最多不过二十四岁的年轻人，犹如白发老者，步履艰难，四肢无力，脚步踉跄，整个人像散了架，醉汉似的晃晃悠悠地蹭到街边的露台上，还有什么比这般凄楚的情景更让人不寒而栗的呢？他走到那里就像一口麻袋似的扑通一声倒在一张长椅上，这个动作又使我不胜惊恐、浑身哆嗦：这个人完了。只有死人，或者一个全身筋肉都丧失活力的人，才会这样沉重地倒下。他的头斜歪着，靠在长椅的后背上，两只手臂松软无力地向下垂着，在惨淡昏暗的街灯下，任何一个路过的行人都会以为这是一个想要自杀的人。——我弄不明白，为什么我心头会忽然有这样一种感觉，可是，它突然呈现在我面前，生动具体触手可及，真实得令人不寒而栗——就在这一秒里，我两眼望着他，不由得确信：他的确是一个要开枪自杀的人，他身上一定揣着一把枪，明天早上人们就会发现他直挺挺地躺在这张或那张长椅上，鲜血淋淋，四肢僵硬，气息全无。我对此确信不疑，因为他倒向长椅的样子，完全像一块巨石坠入深渊，不到谷底绝不停住。我从未见过一个人像他这么疲惫绝望过。

"请你设想一下我当时的情形：我离他二三十步远，站在那张长椅后面，那上边躺着一个一动不动、精神彻底崩溃的人，我茫然不知所措，强烈的愿望驱使我向前伸出援助之手，而因袭成习的羞怯心理又使我裹足不前，不敢在大街上和一个陌生男人说话。街上灯光摇曳，天上彤云密布，偶有个把行人走过，已近午夜，我几乎是孑然一身待在临街的花园里，独对着这个想要自杀的人，我有五次至十次之多，要鼓起勇气向他走去，却总感到羞愧，终究还是退了回来，或许这只是出于本能，因为我心存畏惧，害怕跟跄失足之人会拉着上前营救之人一同跌倒。——我这样举棋不定，忽进忽退，自己也清楚地知道这样毫无意义，十分可笑。然而，我还是既不敢开口，又不能转身离去，我不能什么也不做，就把他撂下不管了。我对你说，希望你能相信，我在那里迟疑不定徘徊不决差不多一个小时，这一个小时太漫长了，就像是一片无边无际的大海上千起万伏的轻涛细浪将时间撕得粉碎：一个彻底垮掉的人，形单影只，竟是这么深深地令我震撼，使我不忍离去。

"可是，我始终没有勇气说一句话，做一件事。我会整个后半夜都那样傻站着，还是最后会清醒过来，离开他转身回家？其实，我甚至相信自己已经下定决心，要撇开不管，让这个可怜虫凄惨地躺在那里了——可一股强大的无形外力，终于使我改变了这种犹豫不决的状况：那时忽然下起了雨。那天晚上一直刮着海风，把天空密布潮湿的春云吹聚在一起，使人心肺窒息憋闷，直感到整个天空都要沉沉压了下来。突然雨点噼啪作响，接着风声紧促，雨水被风驱起，形成沉重密集的雨柱，哗哗倾泻，来势凶猛。我不由自主地逃到一座售货亭的檐下避雨。尽管我撑着伞，狂风依然把雨水吹到我的衣衫上。噼噼啪啪的雨点打着地面，激起冰凉带泥的水沫，溅在我的手上、脸上。

"时隔二十四年，回忆起来，我仍感到喉咙里堵得厉害，任凭大雨滂沱，那个可怜的人却躺在长椅上一动不动。雨水在屋檐的水道里湍急奔流，市内车声轰鸣、遥遥可闻，人人撩起大衣领子纷纷奔逃:一切有生命的都在奔跑逃窜,寻找挡风遮雨的地方,不管是人还是牲畜,在猛烈冲击的狂风暴雨下都显得张皇失措——只有那边长椅上的那个人,漆黑一团,一动不动。我先前跟你说过,这个人像是有某种魔力,能用姿态动作将自己的每一种情绪形象、生动地表现出来。可是现在,他在疾风暴雨中静静地躺着,安然不动、毫无感觉,显得疲惫至极,无力站起身去找一个避雨的屋檐,自己存在与否,已无足轻重。世界上没有任何东西,能够把彻底绝望、自暴自弃表现得这么震撼人心:任何雕塑家,任何诗人,米开朗琪罗也好,但丁也罢,也塑造不出这极端绝望、极度凄苦的形象,没有任何东西能比得上这个活生生的人让我如此惊心动魄、揪心难受。他听凭雨水浇洒淌流,自己已经力尽气竭,再难移动分毫。

"我再也不能坐视不管,但也别无他法。我猛然纵身,冒着鞭笞一般的暴雨跑过去,摇晃长椅上那个浑身湿透的年轻人。'跟我来!'我抓住他的胳膊。他那双失神无光的眼睛吃力地向上直瞪着我。他渐渐地恢复了一点意识,可是还没有听懂我的话。'跟我来!'我又拉了拉那只湿漉漉的袖子,这一次我有点生气。他慢慢地站起来,摇摇晃晃不知所措。'您要干吗?'他问道,我一时不知如何回答,我自己也不知道要带他去哪里：只是不要他再任凭冷雨浇淋，不要他再这样昏迷不醒地坐在那里，极度绝望、自寻死路。我使劲拽着他的胳膊，拉着这个万念俱灰的人往前走，来到售货亭旁边。这般的雨横风疾，一角狭窄的飞檐总还可以多少遮挡些风雨。下一步该怎么办，我不知道，也没有任何打算。我只想将这个人拉到一个没雨的地方，拉到屋檐下，以后的事情我根本不曾想过。

"我们两个就这样并排站在一处窄窄的屋檐下躲雨，背后是锁着门的售货亭，头上只有小小的一角屋檐，急雨下个不停，阵阵狂风把冰凉的雨水吹到我们的衣服上、脸上，风夹着冷雨，真让人难以忍受。我不能老是在一个浑身湿淋淋的陌生男子身边待着。可是另一方面，我既然把他拉过来，又不能不说一句话，将他一个人撂在那里，我必须得做点什么。我逼着自己渐渐地冷静下来，去想下一步该怎么办。我想，最好是雇一辆马车送他回家，然后我自己回家；到了明天他会自己想办法的。于是，我问身边这个直愣愣凝视着暴风雨夜的人：'你住哪里？'

"'我还没住下来……我今晚才从尼斯来……去不了我那儿。'

"最后这句话我没有马上明白。后来我才醒悟过来，这个人竟将我看作……看作了一个妓女。每天晚上，总有成群结队的女人在赌馆附近转来转去，希望能从手气好的赌徒或者醉醺醺的酒客身上捞点小钱，我竟被看作这样的女人。话又说回来，你叫他又能有什么别的想法呢。我自己也只是到了现在，向您讲述这件事情的时候，才体会到我当时的行径实在叫人难以置信，简直是荒谬绝伦——我将他从长椅上拖过来，拽着他一起走，根本不是淑女行为，那又教他对我还能有什么别的想法呢。只是，我一开始没有意识到这一点。过了一阵子，然而为时已晚，我才发觉这个可怕的误会，才知道他将我当成什么样的人了。如果我当时就明白，决不至于说出下面这样的话来。我当时说：'找个旅馆要个房间好了。您不能老待在这儿。您必须找个地方安顿下来。'

"此刻，我突然明白他那种让我心痛的误解，因为，他根本没有转过身来，而是用某种嘲讽的语调表示拒绝：'不用了，我不要房间，什么都不要。你别费劲啦，从我这儿什么也得不到，你找错人了，我一个子儿也没有。'

"他那心灰意冷的神态令人心悸：这个心力交瘁的人，浑身湿透，无力地靠在墙上，此情此景教我根本没有时间去顾及自己所受到的那点轻微却很难堪的侮辱。我这时唯一的感觉,和我看见他跟跟跄跄走出赌场那一刻以及在恍同幻境的这一小时里的感觉是一样的:一个人,年纪轻轻、充满活力,正站在死亡的边缘,我一定要救他。我向他靠近了几步。

"'不用愁钱,你跟我来!你不能老站在这儿,我会给你找个地方,安顿好你的。什么都不用发愁,跟我走吧!'

"他扭过头来。四周雨声沉闷,檐口里的水哗哗地在我们脚下流淌,这时我才注意到,他在黑暗中第一次尽力想要看清我的长相。他的身体也好像渐渐地从昏迷状态中苏醒过来。

"'好吧,就按你说的办,'他表示让步了,'我怎样都行……说到底,为什么不去呢?走吧。'我撑开了伞,他走过来,挽起了我的胳膊。这种突然的亲昵让我觉得很不舒服,我简直吃了一惊,心里感到害怕极了。可是,我没有勇气去阻止他,因为,如果这时我将他推开,他会立刻掉进无底深渊,到现在为止我所做的一切努力就会全部落空。我们向赌场那边走了几步。这时我才意识到,我还不知道该怎样安顿他。我很快地考虑了一下,最好的办法是给他找家旅店,然后塞点钱给他,让他在那里过夜,明天早上能搭车回家:我就考虑这么多,再没想到其他什么。正好有几辆马车在赌场门口匆匆驶过,我叫住一辆,我们坐进车里。赶车的问我去哪里,我一开始不知道怎样回答,可是我忽然想到,带着这么个浑身湿透的人,高级旅馆肯定不会接待的,况且,我的确是一个未经世事的女人,根本没想到会引起胡乱猜疑,于是我冲着赶车的喊道:'随便找家普通旅馆!'

"赶车的漠不关心,顶着大雨,策马向前。我身旁这位陌生人一言不发,车轮轧轧作响,雨大风疾,击打着车窗玻璃噼噼啪啪地响。我坐在漆黑的、像棺材一样的方形车厢里,心绪低沉极了,只觉得仿佛在陪送一具尸体。我竭力思索,想要找出一句话来打破这种共坐不语的僵局,可我竟然什么话也没说出来。过了几分钟,马车停了。我先下车付了车费,那个人懵懵懂懂地跟着也下了车。这时我们就站在一处陌生的小旅馆门口,门上有一个穹形的玻璃拱檐,小小一片屋檐给我们遮挡着雨,雨不停地下,单调得使人心烦,一望无尽的夜被这雨切成了<u>丝丝缕缕</u>。

"这个陌生人站立不稳,身不由己往墙上靠,他的湿透的帽子和皱缩的衣服还在一个劲地滴水。他站在那里,像一个刚被人从河里捞上来、神志不清的醉鬼。墙上他刚靠过的那一小片,水渍明显。可见他连抖抖衣服和帽子上雨水的力气都没有了,只是让水滴一个劲地顺着前额脸颊往下流。他站在那里像是根木头似的杵着,我没有办法跟你说,这种万念俱灰的样子多么强烈地震撼着我的心。

"这时我必须做点儿什么了。我从口袋里掏出钱来:'这是一百法郎,'我说,'您拿着,要个房间,明早搭车回尼斯。'

"他吃惊地抬起头来。'我在赌场里观察你好长时间了,'我见他有些迟疑,便对他劝说道:'我知道你已经输光了,我担心你会走上绝路,干出什么蠢事。接受别人的帮助没什么不好意思的……拿着吧!'

"谁知他却推开了我的手,我没想到他竟会断然拒绝。'你是个好人,'他说,'可是,别糟蹋你的钱了。我已经无可救药了,这一夜我睡也好,不睡也好,那都无所谓了。反正明天早上一切都完了。我是无可救药了。'

"'不,你一定得拿着,'我坚持要他收下,'明天你也许就会改变自己的想法了。现在先进去吧,好好睡一觉,忘掉一切,明天一切都会重新开始的。'

"我又一次把钱塞了过去,他还是猛地把我的手推开。'不用了,'他声音低沉地说,'这毫无意义。我最好还是死在外面,免得把人家的房间沾上血污。一百法郎救不了我,

一千法郎也没用。哪怕身边只剩几个法郎，明天我又会去赌场，不输个精光我是不会罢休的。何必重新再来呢，我已经受够了。'

"你一定无法想象，他那低沉的声音是如何深深地刺进我的灵魂。试想一下：在你面前不到两英寸远的地方，站着一个年轻、俊秀、鲜活的人，你明白，如果不竭尽全力，不出两小时，这个有思想、会说话、能呼吸的年轻生命就会变成一具尸体。当时我心里说不出的愤怒、冒火，一心想要战胜他那毫无理智的拒绝。我抓住了他的胳膊：'别说傻话！你现在就给我进去，要个房间，明天早上我送你上火车。你必须离开这里，明天必须搭车回家，我一定要亲自看着你拿着车票登上火车。不论是谁，年纪轻轻的，决不能因为输掉几百或一千法郎，就要去死。那是懦弱，是懊恼愤怒之下一时的糊涂。到了明天你就会觉得我的话有道理了！'

"'明天！'他重复了一遍，声调阴郁凄恻而略带嘲讽。'明天！你要是知道我明天在哪里就好了！要是我自己能知道也好啊，我倒是真的有点想知道了。不，你回去吧，我的宝贝，别瞎操心了，别白扔钱了。'

"我却不肯让步。我像是发了疯着了魔，我使劲抓着他的手,把钞票硬塞进他手里。'拿着钱,马上进去!'我毅然决然地走过去按响了门铃。'好了,我已经按了门铃,门房马上就来,你进去休息吧。明天早上九点我在门口等你,送你去车站。其他的事你都不用担心,我自会做必要的安排,让你能回到家里。可是现在,快上床好好地睡一觉吧,什么都不要再想!'

"就在这一瞬间,里面的门锁咔嚓一声,门房打开了大门。

"'你也进来!'他忽然说道,声音粗暴,略带怒气。我忽然感到,他的手像钢铁一般紧紧地抓住了我的手腕。我猛吃一惊……吓得灵魂出窍,全身瘫软,像遭到电击,我一下子就蒙了……我想挣扎,我要逃离……可是,我的意志麻木了……我……你能理解……我……我羞愧极了:门房站在一旁极不耐烦,我却在跟一个陌生人纠缠拉拽。于是……就这样,我一下子被拉进旅馆里,我想要说话,可是,感觉喉咙被堵住似的……他的手重重地压着我的臂腕,我反抗不了……我模模糊糊地感到,我已身不由己,被那只手拉上了楼梯……门锁咔嚓响了一声……就这样,我竟跟一个陌生人单独待在一个陌生的房间里,不知是哪家旅馆,到现在我也不知道这家旅馆叫什么名字。"

C太太讲到这里又停住了,她忽然站起来,像是嗓子哑了。她走到窗前,沉默不语,向窗外看了几分钟,也许,她并没有看外面,只是把额头放在冰凉的窗玻璃上贴了一会儿——我没有勇气去仔细观察她,因为观察一位情绪激动的老太太,我感觉非常难堪。所以我静静地坐着,不发问,也不出声,一直等到她默默地走回来,在我对面坐下。

"好啦,最难叙述的已经说出口了。我希望你相信我,我现在再一次向你保证:直到最后一秒钟,我也压根没有想过,要跟这个陌生人发生什么……什么关系,我可以用一切神圣的东西——用我和我孩子的名誉——发誓,这的确不是出于我的意愿,面对这突如其来的情况,我完全是无意识的,就像在平坦的人生道路上突然失足跌入深渊,一下子陷入了如此两难的境地。我向自己发过誓,要对你、也对自己说实话,所以我向你再重复一遍:我卷入了这场悲剧性的冒险,仅仅是助人心切,不带任何别的情感,没有半点私心杂念,也没有什么预感。那天晚上在房间里发生的事情,请你别让我再往下讲了。那一夜的每一分,每一秒,我自己从不曾忘记,永远也不会忘记。因为那一夜我是在跟一个人搏斗,要想挽救他的性命;因此,我再说一遍,那是一场生死攸关的搏斗。我身上每一根神经都能感受到：这个陌生人，这个已经沉沦一半的人，像是在绝命的一刹那突然惧怕起死亡，正以全部的渴望和激情，想抓住最后一线希望。他像是发现自己濒临深渊，紧紧抓住我。我却奋不顾身，尽我所能来救他。像这样的一小时，一个人也许一生只能经历一次，而且，千百万人里也只有一个人能够经历。即便是我，如果没有这次可怕的偶然事件，也决难料想到会有这样的人生经历。一个自暴自弃的人，一个无可救药的人，竟会这么心急火燎地去痛苦地拼命挣扎——要放纵不羁的贪欲再一次吮吸生命，要吸干每一滴鲜血！我已远离人生中的一切邪魔力量长达二十年之久，若不是亲身经历，决难体会大自然的神通广大、奇妙无比，它有时能把冷和热、生和死、欢欣和绝望汇聚在短短的几秒钟内。那一夜充满了搏斗，充满了激情、愤怒和憎恨，充满了混合着哀求和狂醉的泪水，我只觉得像是过了一千年。我们两个紧紧相拥一同滚下深渊，一个是濒临死亡的疯狂，一个突逢意外的惊恐。一旦逃脱出这场致命的纷乱以后，我们全都和先前判若两人，与最初的感觉完全不同了。

"可是，我不愿意再谈这事。我描绘不出也不愿描绘我们俩在房间里做的事情。只是第二天早上我醒来时那极其可怕的一幕，我一定得跟你说说。当我从无比深沉的黑夜中醒来，我才知道我从未这样沉睡过，过了很久才能勉强睁开眼睛。我第一眼看到的是一片从没见过的天花板，慢慢放眼四周，一个从没见过的陌生房间，十分难看，我一点也不知道自己是怎样进到这房间来的。我对自己说，这是梦，是因为我昏睡方醒迷离失神，才进入这个较为鲜亮透明的梦境，然而，窗外已是晨曦，阳光明亮刺目，楼下传来隆隆的马车声，叮当乱响的电车铃声、嘈杂喧嚣的人语声，这时我才知道我并非在做梦，我彻底地醒了。我不由自主地坐起身来，想弄清怎么回事，突然……我刚一侧身……我看见——我永远无法向您形容我当时的惊恐——这张宽大的床上，一个素不相识的人就睡在我旁边……可是，我不认识他，不认识他，根本不认识他，一个半裸的陌生人……不，这种惊恐，我知道，是无法描述：这种惊恐猛地落到我身上，万分可怕，我顿时浑身无力直往后倒。然而，我并没有真正晕厥，并没有不省人事，正相反：我以闪电般的速度意识到这一切，同样又无法解释这一切。我心里只有一个愿望：立刻去死——突然发现自己跟一个陌生人睡在一张从未见过的床上，那还是一处非常恶心的下等旅馆，我不禁羞愧至极。现在我还记得清清楚楚，我的心脏停止了跳动,我屏住呼吸,仿佛这样就能熄灭自己的生命,尤其是熄灭自己的意识,那种清晰可怕、知道一切却又什么都不明白的意识。

"我就这样四肢冰凉躺在那里,我永远无法知道自己到底躺了多久:死人大概是那样僵直地躺在棺材里的吧。我只知道,我紧闭双目祈求上帝,祈祷上天有某种神力,唯愿所见非真,盼望一切纯属虚幻。然而,我敏锐的感觉不再允许我自欺欺人,因为我听见隔壁房间有人在说话,有人从水管里放水,门外走廊里有来回走动的脚步声。所有的这一切都确切、无情地证明我的感觉是清醒无误的,这简直太可怕了。这种令人憎恶的状态究竟持续了多久,我说不清楚:这不是日常生活中我们平时所过的时间,每一秒都和正常的时间标准完全不同。这时,我心里突然产生了另一种恐惧,一种急迫的、令人心悸的恐惧,这个陌生人,我连他的姓名也不知道,可能他马上就会醒来,醒来之后还要跟我说话。我立刻意识到,只有一条出路:趁他未醒赶快逃走。不能让他再看见我,不能再和他说话。及时拯救自己,赶快,赶快撤退,退回到自己的生活中去,不管怎样,回到我的酒店也行。然后立刻搭车,离开这个该死的地方,离开这个国家,永远不要再遇见他,永远不再看见他，谁也不能为此做证，谁也不能指责我，谁都毫不知情。这一想法使我摆脱无能为力的状态：我小心翼翼，像小偷似的轻手轻脚，一寸一寸地挪动身体（免得弄出响声）溜下床来，悄悄摸到我的衣服。我小心翼翼地穿起来，每一秒都胆战心惊，唯恐他会突然醒来。我穿好衣服，我已经成功了。只有我的帽子，被扔在另一边的床脚下，我踮着脚轻轻地摸过去把它捡起来，就在这一秒，我实在忍不住：我一定要再瞥一眼，看看这个陌生人的长相，对于我，他就像一块陨石，从天而降，闯进了我的生活。我只想再瞥一眼，可是……说来也奇怪，这个躺着不动沉沉酣睡的陌生人，对我来说的确陌生：乍一看我根本认不出昨天那张脸。那些因为情绪异常兴奋而抽搐激胀、无比激愤、不顾性命的紧张神情，全都荡然无存——这里躺着的这位，完全像是个孩子，纯洁，宁静，光灿夺目。昨天咬牙紧闭的嘴唇，此刻在睡梦中线条柔和、微微半弯、满含笑意，金黄色的卷发披在皱痕全消的额前，匀称的呼吸缓起缓落。

"你也许还记得，我先前跟你说过：我从来不曾在任何一个人身上看到贪婪和激情会像这个陌生人在赌场上表现得那么强烈、那么肆无忌惮。现在我要跟你说，我从来没有见过这般纯洁宁静的酣睡，甚至在婴儿身上也没有见过。襁褓中的婴孩舒爽自然，有时会散发出天使般的光辉，却不及他此时的圣洁宁静、无拘无束、舒坦恬适。一见到这种惊奇的景象，我心上的一切惶恐、一切厌恨立刻消失，仿佛一件沉重的黑色大氅从我身上滑落——我不再感到羞愧，不，我几乎感到快乐。那些可怕的、不可理解的事情，突然之间对我来说有了意义。我脑子里有了一个想法：这个俊美的年轻人，现在宛如一朵鲜花，舒适恬静地躺在这里，倘若不是我的献身，他一定会跌得粉碎，鲜血淋漓，面目全非，气息断绝，眼珠迸裂，不知在哪一处悬崖边上被人发现。是我挽救了他，他已经获救了，有了这种想法我不禁欣欣自喜，骄傲自豪。而现在，我用一双——我没法再换一个说法——母亲的眼睛凝视着这个熟睡中的人。他是从我身上重新获得生命的，这比生我自己的孩子时更为痛苦。在这间陈腐污浊的房间里，在这家恶心可厌、龌龊不堪的临时旅馆里，我心头涌起一种——也许您听了会觉得可笑——置身教堂的感觉，一种奇迹降临、超凡成圣的幸福感觉。我一生中最最可怕的那一秒钟，现在派生出第二个一秒钟，最令人惊讶、最扣人心弦的一秒钟。

"也许是我的动作声音太大？也许是我不由自主地说了一句什么？我不知道。反正那个熟睡的人突然睁开眼睛，我吓得连连后退。他十分诧异，环顾四周，就像我刚才那样，他现在也似乎是在竭力挣扎，正从无尽的深渊和迷惘中慢慢爬出来。他的目光非常费劲地扫过这间从未来过的陌生房间，然后不胜惊讶地落在我身上。可是，不等他开口，不等他回忆，我已经稳住心神。不容他说话，不让他发问，不让他表示亲昵，昨天、昨夜的事情不能再发生，也不用解释，也不用再提起。

"'我现在得走，'我急忙告诉他，'你待在这里，赶快穿好衣服。十二点钟我在赌场门口等你，在那里我替你安排好其他一切事情。'

"趁着他还没来得及回答，我立刻逃了出去，为的是不想再看那个房间。我头也不回地跑出旅馆，旅店的名字我也没有记下，和自己在那里共度一夜的陌生男人的名字我也不知道。"

C太太停下来略微缓了口气。从这时起，所有的紧张和痛苦都从她的声音里消失，就像一辆马车，费尽艰辛爬上山去，到达顶峰便轻捷迅速、急驰而下，她如释重负，现在以轻快的语气往下叙述：

"于是，我匆匆忙忙赶回自己所住的饭店，街上晨光明媚，隔夜的风暴扫净了整个天空，天宇清澈，我也像受了洗涤,悲情愁绪全都一扫而空。因为,你别忘了,我先前跟你说过:自从先夫去世,我早已将自己的生命看得无足轻重。我的孩子们不需要我,我自己也不知如何打发余生,活着却没有什么明确的人生目标,整个生命自然毫无意义。现在,出人意料地我有了一桩任务在身:我挽救了一个人,我竭尽全力,将他从毁灭的道路上拉了回来。只剩下一点小小的困难需要克服,这个任务就能圆满地完成了。就这样,我跑回自己的饭店,门房看见我早上九点才回来,十分惊愕,我却全不在意——昨天的事不再使我心里觉得羞愧和懊恼,而是让我精神振奋,感到生的意愿又重新恢复。于是,我意外地有了一种不虚此生的感觉,全身血脉偾张。回到了自己的房间里,我匆匆更衣,不自觉地(后来我才意识到)脱下丧服,换上一件更加鲜艳的外衣。我上银行取钱,又匆匆赶到火车站,问明了列车出发的时间,另外,我态度果决地——连自己都感到惊讶——还办了几桩别的事,赴了一两次约。然后,一切就绪,只等着把命运抛给我的那个人送上火车,完成对他的拯救。

"当然,现在再去跟他见面,还需要勇气。昨天的一切全都发生在黑暗之中,发生在旋转的旋涡之中,就像一股山洪冲下两块岩石,突然碰撞在一起。我们本是素不相识,我甚至都不能确定,再次见面时那个陌生人是否能认出我。昨天纯属意外,是两个人头脑昏乱、纵情迷醉、一时入魔,可是今天,却不得不向他露出自己的真面目,因为现在是白天,我无法藏头隐身,只能这样前去见他。

"不过,事情倒并没有我所想的那么难。到了约定时间,我刚进赌场,一个年轻人从长凳上一跃而起,急急向我走来。他那喜出望外的表情,他每一个传神的动作,都显得十分自然、充满稚气、纯朴天真:他飞奔而来,眼里迸射出喜悦、感激的光芒,又显得非常尊敬虔诚,看到我显得局促不安,他立刻低眉顺目,谦卑起来。在一般人身上,感激之情是很难看出来的,越是心怀感激越是找不到合适的表达方式,他们总是怅惘慌乱、沉默不语、略带羞愧、故作别扭,来掩饰自己的真实感情。可是在这个人身上,上帝仿佛要显示自己是一个神秘莫测的雕刻家,他一举一动无不表现出自己的情感,活像一座雕塑,含义丰富、极富美感。他那种表达感谢的姿势也同样光彩照人,似乎有满腔热情从身体里迸散出来。他弯下腰,吻我的手,恭顺地低下轮廓清秀的头颅,恭恭敬敬地俯垂了一分钟,只是轻轻地触到我的指尖,然后,他后退一步,向我问好,极为动人地瞩望着我。他的话字字得体、庄重规矩,我最后的一点局促不安也烟消云散。四周景物全像着了魔法，霎时间光灿照人，宛如明镜，映衬出我欢快开朗的心情：昨晚还是怒涛汹涌的大海，此刻平静清澄，微波粼粼，水面下颗颗卵石闪闪发光。罪恶之源的赌场在净如缎面的天空下显得光洁明亮。昨晚一阵瓢泼大雨逼得我们避身檐下的那座售货亭，今日开门营业，原来是爿花店：摆满了白色的、红色的、绿色的和五彩斑斓的大花小花，一位年轻美丽的姑娘穿着像着了火似的衣服，向人们出售着鲜花。

"我邀请他在一家小饭店共进午餐。这位陌生人在那里将他的悲剧性的冒险故事讲给我听。当初我在绿呢赌台上一见到他那双神经质的瑟瑟发抖的手，就有预感，他的讲述完全证实我的猜想。他出生在一个奥籍波兰贵族家庭，在维也纳上大学，家里给他安排的是外交官的前程。一个月前，他以非常优异的成绩通过了初级考试。为了庆祝这场胜利，他的一位在参谋总部当高级军官的叔父——他在维也纳时寄居在叔父家里——对他进行褒奖，带着他乘坐一辆大马车，一同到市郊普拉特尔公园去玩。他们一同去赛马场观光，叔父赌运亨通，连赢三次。于是，他们拿着赢来的一大叠钞票，到一家豪华餐厅大吃一通。第二天，这位未来的外交官收到父亲汇来的一笔钱，奖励他成功通过考试，数目超过了他平时一个月的生活费。要是在两天前，这笔钱在他眼里倒是数目可观，可是现在，见识过白手发财的便捷之道，就觉得这钱无足轻重。于是，饭后他立刻去赛马场，大笔下注，狂赌一气，居然鸿运当头，或者不如说是神星临照，赌完最后一场赛马，他离开普拉特尔，手里的钱多了三倍。从此以后，他大享其乐，时而赛马场，时而咖啡馆，时而俱乐部，将自己的时间、学业、精力，尤其是金钱，全都虚掷浪费了。他脑子里什么也不想，黑夜再也不能安心入眠，完全是走火入魔、无法自拔。有天夜里，他在俱乐部输个精光，回到家里正准备上床睡觉，突然在背心口袋里，发现还有一张钞票，揉搓得皱巴巴的。他实在忍不住，又穿上衣服，跑到外边到处游荡，最后不知在哪家咖啡馆里碰到几个玩骨牌的人，就和他们一直赌到天亮。他已经出嫁了的姐姐帮过他一回，替他偿还了高利贷，这些人见他是贵族世家的继承人，非常愿意借钱给他，有一阵子他又交了赌运，可是后来手气越来越差，而他输得越多，越是希望能大赢一场，好偿还那些无法弥补的赌债和一拖再拖的借款。他的怀表、衣服，早就被他拿去当了。最后发生了一件非常可怕的事，他从叔父家橱柜里偷取了年老的婶婶平时不戴的两枚大耳环。他当掉了一枚，得了很大一笔钱，当晚赌了一场，就赢了四倍。可他没去赎耳环，却拿着所有的钱又去赌场，结果却输得一干二净。直到他离开维也纳的前一个小时，盗窃饰物的事情还没有被发现，他于是当掉第二枚耳环，马上逃走，临时灵机一动，坐火车来到蒙特卡洛，梦想着能在轮盘赌上发上一笔大财。在这儿，他将自己的皮箱、衣服、阳伞统统卖掉，身上只剩一把手枪，另带四发子弹，还有一个镶了宝石的小十字架，那是他的教母 X 侯爵夫人送给他的，他舍不得卖掉。可是昨天下午，他终于卖掉这枚小十字架，得了五十法郎，只为了晚上能够最后一搏，他经受不住那种诱人至极的赌博带来的兴奋快感，决意不顾死活再去试试运气。

"他在向我诉说时，还是那么神态优雅、灵气十足，显得性格开朗、曼妙动人。我听得十分出神，却丝毫也不生气，一点也不介意同我进餐的人竟然是个贼。我是个一生清白、纯洁无瑕的女人，与人交往一向严于律己，守传统守礼仪，不失身份。如果昨天有人告诉我，说我会跟一个素不相识的，比我儿子大不了几岁，而且偷过珠宝首饰的年轻人，亲密地坐在一张桌子上，我认为说这话的人一定精神失常。可是，听他叙述时，我不曾有一刻感到惊骇恐怖，他说得那么自然，那么充满激情，直教人觉得他是在对某种伤寒，某种热病进行描述，而不是在讲述一件令人憎恶的事情。而且，谁要是像我昨夜亲身经历了那些狂风暴雨般的意外事件，就会觉得'不可能'这个词没有任何意义了。在那十个小时里，我从现实中获取的知识，要比过去四十多年资产阶级生活方式所获取的经验多得多。

"不过，在他那番忏悔中，有一点使我心悸，那就是他眼里闪烁着的那种类似热病的光芒，一提到赌博他就目光炯炯，脸上的神经像触电般的不停抽动。仅仅复述一遍，他就像当时那样激动不已，那表情丰富的脸上重绘出种种紧张情绪，时而狂喜，时而痛苦，历历在目清晰得可怕。他那两只奇妙的手，骨骼修窄，感觉灵敏，跟它们在赌台上一模一样，又是那么猛如凶兽，时而追捕，时而逃窜。我看他说话时，腕关节颤抖不已，手指猛力钩曲紧紧拳拢，猛地松开，又重新绞在一起。当他讲到偷耳环时，两只手像闪电似的突然伸出（我不由得浑身一哆嗦），做了个飞速的夹取动作：手指怎样疯狂地抓住那件饰品，又怎样急匆匆地将它紧握在手中，那画面代入感极强。我有一种不可名状的惊恐，此人中毒太深，全身的血液中没有一滴不被他那嗜赌的激情所毒害。

"在他的那番叙述中有一点使我胆战心惊：这么一个头脑清晰、天性纯洁、不识忧患的年轻人，竟会这么可怜地屈从于一股意乱情迷的激情。于是，我认为自己的首要责任是恳切地规劝这位萍水相逢的人，他必须马上离开蒙特卡洛，这里的诱惑危险透顶，他必须今天回家，趁着丢失耳环的事尚未被人发觉，趁着自己的前途尚未永远断送。我答应给他路费和赎回耳环的钱。只有一个条件：他今天就得走，并且向我起誓，以后再不碰一张纸牌，再不参与任何赌博。

"我永远也不会忘记，当我答应帮助他时，这个误入歧途的陌生人如何怀着感激之情听我说话，简直像是把我说的每一字每一句都吞咽下去。突然，他将两手隔着桌面伸过来，捉住了我的手，仿佛是膜拜神灵，许愿发誓。他那双明亮而略带慌乱的眼睛噙着泪水，他感到幸运而内心激动，浑身颤抖。我也多次尝试，想向你描述他的神情姿态具有世间独一无二的表达能力，可他这时的神态却远远不是我所能形容的。因为，他所表现的是一种超凡脱俗、喜极而狂的幸福感，平常在一般人脸上我们是看不到的，只有当我们梦中醒来，自以为见了悄然消逝的天使所留下的影子时，那种感觉才可以与之相提并论。何必隐瞒：那时我看着他确实有点心神荡漾。接受感恩当然使人幸福，这种感觉极少有人亲身经历。温柔的真情也使人舒服，我这个人生性冷淡，素来拘谨，如此洋溢的真情确实使我感到身心舒畅，无比幸福。再说，当时周围的自然景物经过昨夜一场暴雨，也随着这个曾受过震撼、摧残的人，着魔似的一下子复苏了。我们走出餐馆，满眼的璀璨辉煌，平静无波的大海晶莹澄碧，连着天际。高空之上，一片蔚蓝，时有海鸥翱翔掠影，点缀出些许白影。里维埃拉一带的自然风景您一定相当熟悉。这里的景色总是秀丽动人，像明信片似的将它饱满的色彩舒缓有序地展现在人们眼前，恰似一位慵懒的睡美人，漫不经心地任凭人们尽情欣赏，永远柔顺温和，极像东方美女。可有时候，虽说极难遇见，仍会有那么几天，这位美人忽然睡醒，振衣而起，美丽绚烂，似乎在向人们放声召唤，发出奇幻怪异、五彩缤纷的光芒。那天正好也是这样一个热情奔放的日子。经历了昨夜的一场狂风暴雨，所有的街道被冲刷得洁白光亮，天宇碧蓝，杂树青翠，百花争艳，如火如荼。四周的群山面目清新，似乎骤然间离得近了，渴望挨着这座干净鲜亮、光彩熠熠的小城。纵目四顾，处处都能感受到大自然的欢欣鼓舞，不由得使人心旷神怡。我立刻提议，'我们雇一辆马

车,沿着科尔尼切大道去兜风吧。'

"他高兴地点点头,这个年轻人好像自从来到这里,现在才第一次发现大自然,开始欣赏美景。在此之前,他所见到的只是空气污浊的赌场大厅,弥漫着汗臭味,挤满了丑陋恶俗的人群,那就是一个灰暗粗暴、喧嚣哄闹的场面。可是现在,阳光如泻的海滩展现在我们面前,极目远眺,一望无垠,让人备感清新。我们坐在马车里徐徐前行(那时还没有汽车),一路风光瑰丽,途经很多别墅,遇到不少游客。每经过一处绿荫掩映的别墅,心里便会上百次地涌出一个极为隐秘的念头:但愿能住在这里,平静安宁地生活,远离尘世!

"一生中还有什么时候能比那一个小时更让我感到幸福呢?这个年轻人坐在我身边,昨天他还陷入死神的掌控之中,听凭命运摆布,现在却在阳光下容光焕发。岁月仿佛从他身上消失,他又变成了一个孩子,一个陶醉在嬉戏中的俊美男孩,两眼放光,兴高采烈,同时又满含敬畏。最使我欣慰的是他那体贴入微的柔情蜜意:车子驶上陡坡时马力不济,他立刻灵巧地跳下车去,在后面帮着推车。我提到一种花的名字,或是指了指路边一朵花,他就急忙跑去把它摘下来。路上一只小乌龟,被昨夜的雨水给冲刷出来，正在艰难地慢慢爬行，他把它捡起来，小心翼翼地放回青草丛中，不让后面的马车把它碾碎。与此同时，他还兴冲冲地讲述着许多最逗乐最优美的趣事：我相信，这种笑声对他是一种拯救，因为他心里猛然间充满喜悦，兴奋和陶醉的情感，如果不开怀大笑，就得引吭高歌或欢呼雀跃，也许还会做出一些疯头疯脑的傻事来。

"后来，我们慢慢爬上高坡，路过一个极小的村庄，半路上他突然彬彬有礼地脱帽致敬。我很惊讶：这儿谁也不认识，他向谁致敬？他听到我的问话，脸微微一红，连忙向我解释，几乎是道歉似的告诉我：我们正经过一座教堂，波兰也像所有笃信天主教的国家一样，人们从小就养成一种习惯，遇到任何一座教堂或供奉神像的圣殿都要脱帽。他对宗教的这种美好、敬畏的态度深深地打动了我，我立刻想起他对我说过的那枚小十字架，便问他对宗教是否虔诚。他微露羞涩，神态谦逊地承认，他希望能蒙受圣灵恩宠，这时候我突然闪过一个念头，'停车'！我向车夫叫道，立刻匆匆下车。他跟在我后面十分惊讶：'我们去哪里？'我只是答道：'跟我走！'"他跟着我，一同走向那座教堂。那是一所砖砌的乡下小圣殿，四壁粉刷了石灰，阴森晦暗，大门敞开着，一股黄澄澄的阳光直射到一座小祭坛上，驱散了昏暗,在地上投射出一团蓝幽幽的阴影。殿内烟气氤氲,朦胧中两支神烛闪烁,像是罩在面纱里的两只眼睛。我们走进教堂,他摘下帽子,在圣水缸里浸了手,然后画十字,屈膝跪下。他刚站起来,我立刻拉住他。'你到前面去,'我强迫道,'跪在祭坛或一尊你尊奉的神像前,照着我的话立誓。'他一脸惊愕,瞪着我看,像是大吃一惊。可是,他很快明白我的意思,立刻走到一座神龛前,画了个十字顺从地跪下。'照我的话说,'我说道,自己也激动得全身哆嗦,'照我的话说:我立誓,'——'我立誓,'他重复道,我继续往下说:'我永远不再赌钱,从此杜绝一切赌博,我立誓不让自己的生命和荣誉,断送在这种激情之下。'

"他浑身战栗地重复着我的话,他嘹亮的嗓音在空荡荡的殿堂里回响。随后出现了片刻的沉静,殿外微风吹过树梢,飒飒作响,清晰可闻。突然,他像忏悔者那样匍匐在地,用一种我从来没听到过的疯狂的声音大叫起来,语速急快,杂乱含混,说的是我所不懂的波兰语。想必是在做一段激情满怀的祈祷,一段感恩和悔恨的祈祷,因为,这一番热切激烈的忏悔使他一再低下头,卑恭地碰击着经案,越来越兴奋地一再重复着那些我听不懂的话,表现出难以形容的激烈豪壮。在此之前和自此之后,我都不曾在世界上任何一座教堂里听人这样祈祷过。他祈祷时双手痉挛似的紧抓住经案，内心仿佛刮起一阵飓风，他全身震颤，不停地一会儿抬起头来，一会儿扑倒下去。他什么也不看，什么也感觉不到，仿佛整个儿置身于另一世界，置身于使人脱胎换骨的炼狱之中，或者飞升到更为神圣的天堂之中。最后，他缓缓地站起来，画了个十字，浑身疲倦，艰难地转过身来。他的双膝瑟瑟发抖，脸色苍白，精疲力竭。可是，一看见了我，他立刻两眼熠熠发光，脸上露出纯洁虔诚的笑容，疲惫的脸庞顿时容光焕发。他走到我面前，按照俄罗斯的方式深深地鞠了一躬，拿起了我的双手，十分崇敬地用嘴唇轻轻地碰了碰我的手：'是上帝派您来救我的。我已经向上帝谢恩了。'我不知道说什么才好，可是，我真的希望，在这间摆着许多矮凳的教堂里突然琴声大作，响起一阵音乐，因为，我感到自己的目标已经全部实现了：我已经使他得到了完全的拯救。

"我们走出教堂，又回到五月天辉煌灿烂、晶莹明亮的艳阳下：世界在我眼前从未这般美丽。我们坐上马车沿着山坡缓缓前行，继续游逛了两个小时，沿途峰回路转，风光旖旎，美不胜收。可是我们不再说话。经过那么一场奔放的感情宣泄，每句话只会冲淡情绪。偶尔和他四目相对，我总是不得不羞涩地将目光移开：审视自己创造的奇迹，我心里所感受到的震撼实在是太过强烈了。

"下午五点左右，我们回到蒙特卡洛。那时我必须去赴一场亲友的约会，要想推辞已经来不及。而且，我自己内心深处也渴望休息一下，放松放松极度紧张的心情。我觉得，经历了一生中从未有过的这种炽热狂喜的心境，一定要修整一下安静一会儿。因此我请我的这位被保护人到我下榻的饭店里来待一会。到了我的房间以后，我准备将旅费和赎取耳环的钱交给他。我们说好，我去赴约，他去买票。晚上七点我们在车站候车厅碰头，那辆途经日内瓦的火车将七点半离站，载他平安抵家。当我拿出五张钞票递给他时，他突然嘴唇发白：'不……别给我钱……我求您，不要给我钱！'他紧咬牙关，他的手指一边神经质地颤抖一边直往后缩。'不要钱……不要钱……我看见钱受不了。'他满怀厌恶，周身不宁，又重复了一遍。我设法减轻他的愧疚，安慰他说，这笔钱算是借给他的，他要是觉得不便接受，可以立张借据。'好……好……立个字据。'他喃喃地说，避开我的目光，捏着钞票胡乱一折，像是拿着什么黏着污秽的东西，看也不看就塞进口袋，然后取过一张纸，在上面龙飞凤舞地写。他写完抬起头，额上汗涔涔的：他身体里似乎有什么东西猛力向上涌。他刚将那张借据递给我,忽然全身一震,蓦地一下——我吓得不由自主地直往后退——跪倒在我的面前,亲吻我的衣裾。这种姿态真是无法描述,有种无比强劲的力量震撼着我,我不禁浑身颤抖。

我茫然不知所措,只能结结巴巴地说:'你这么懂得感恩,我很感谢。不过请你现在走吧!晚上七点在火车站候车厅,我到那里送你。'

"他凝望着我,两眼湿润,神情激动。有一刹那我以为他想说什么,有一刹那我觉得他想挨近我。可是,他突然深深地鞠了一躬,然后离开了房间。"

C太太又停止了叙述。她站起身来走到窗前,伫立在那里向外眺望了很久。我望着她轮廓清晰的背影,发现她正在轻轻地战栗。她猛一下转过身,态度很是坚决,一直平静安详的两只手突然向左右两边摊开,像是要撕碎什么。接着,她坚强地——几乎可以说是勇敢地——抬头注视着我,重新开口说道:

"我答应过你,要做到绝对的坦诚,我现在感觉到这一承诺的必要性了。因为此刻,我第一次强迫自己,要按照顺序有条不紊地将那一天的全部经过描述出来,要用明确清晰的语言,描述出我当时那种纷杂紊乱的心绪。我当初并不明白,也许正是因为当初许多事情想不明白,今天才能懂得清清楚楚。因此我决定要把真实情况说给自己听,也说给你听:当时,在那个年轻人走出房间、剩下我独自一人的那一秒钟,我仿佛感到了一阵眩晕,好像心上受了重重一击,有种悲伤欲绝的痛苦。可是,我的被保护人对于我充满敬意,他的这种态度那时还使我大受感动,怎么竟会忽然令我苦痛伤心呢?我当时并不明白,或许是我不想弄明白吧。

"可是现在,当我强迫自己回忆往事,要有条不紊地把一切事情从内心深处挖掘出来,全当是别人的事,与自己无关,在你这位证人面前毫不隐瞒地讲出来,不能因为感到羞愧而有所避讳。现在我才明白:当初我万分悲痛,实则是因为失望……我失望的是,因为……因为那个年轻人竟那么听话地走了……竟丝毫没有设法留住我,和我待在一起,我所失望的是,我只是要他动身回家,他竟谦卑敬畏地顺从我,而不是……而不是想方设法把我拉进他的怀里,我所失望的是,他尊敬我,只是将我当作他人生道路上出现的一位圣女……而没有……而没有把我当作一个女人。

"这正是我当时所感受到的……那种失望,我当时没有承认,以后也不会承认,然而一个女人的直觉是无所不知的,这不需要语言和意识。因为……我现在不用再欺骗自己了——如果那个人当时抱着我,恳求我,我会跟他走,不管天涯海角,我会不惜让我自己的和我孩子们的姓氏蒙羞。我会不顾别人的流言蜚语和自己内心的理智,跟他私奔,就像和刚认识一天的法国小伙子私奔的那位艾莉昂特太太一样……到底跑到哪儿去、能在一块待多久,这些我都一概没去考虑,对于自己以前的生活,我也决不会再去回顾……我会为了这个人把我的金钱、我的姓氏、我的财产、我的名誉全都抛弃。只要是他领着我,我会甘心沿街乞讨,世界上没有一处卑贱的角落是我所不愿意前往的。一般人所谓的廉耻和顾虑,我可以完全抛在脑后,只要他一句话,只要他向我靠近一步,只要他试图把我搂到他的怀里,我就会在这一秒里将自己完完全全地交给他。可是……我刚才向您说过……这个人当时神情古怪,迷迷瞪瞪竟不再看我,竟没有察觉我是一个女人……我当时是多么狂热地倾心于他、多么甘心于委身相随,当剩下我孤身一人时,我才感觉到这些。我那一股激情被他那容光焕发、像天使一般的面容高高地勾了起来,却又忽然坠下,落在我空虚郁闷的心胸之中,翻腾不已。我打起精神,出去赴约,备感这并非我愿。只觉得头顶戴上了一个沉重的钢盔,压得我左右摇晃。当我去另一家饭店见我那位亲戚时,我的思绪就像我的脚步一样,纷繁散乱。我坐在那里郁郁不乐,大家聊得起劲,我偶尔抬起头来,看到的是一张张呆板的面孔,它们和那张变幻无穷、生机勃勃的脸相比,全都像面具一样,又或是冻僵了似的。我好像坐在死人堆里,这次亲友聚会竟这么死气沉沉,了无生趣。我把糖放进杯子里,心不在焉地跟别人应答着,我心中的热血在阵阵地喷涌,脑中不停地涌现出那张脸。端详那张脸已经成为我无上的快乐,而现在——想想实在可怕!——再过一两个小时我就只能见它最后一面了。想必是我在不经意间发出了轻轻的叹息,或者竟发出了呻吟,因为突然间我丈夫的表姐俯下身来问我怎么了,是不是不舒服,说我脸色苍白呼吸急促。她这一问倒是出乎意外,却使我毫不费力地找到一个借口,我赶紧承认我确实有点头痛,请她允许我不惹人注意地悄悄离开。

"就这样,我找到脱身之策,终于摆脱应酬,立刻匆匆赶回自己住的酒店。我走进房间,孑然一身,空虚寂寥的感觉又袭上心头,焦灼的落寞之情难以排遣,我迫不及待地渴望再见到那位年轻人,也许今天他就要与我永别。我在房间来回踱步,百无聊赖地打开百叶窗,换了衣服和腰带,在镜子里仔细端详自己,看看这身打扮能不能吸引他的注意。我突然间明白了自己的意愿:一切在所不惜,只要不失去他!在那电光火石的一刹那间,这个意愿变成决心。我飞奔下楼找到门房,告诉他我要乘当晚的火车动身。现在必须赶快行动:我打铃唤来使女,让她帮我收拾行李——时间确实紧迫。我们像上阵似的急急忙忙,将衣服杂物胡乱塞进皮箱,梦想着怎样给他一场意外惊喜:我将他送上火车,等到最后,等到最后的一刹那,当他伸手和我告别,我就出其不意地跳上火车,这一夜就和他在一起了,以后夜夜只要他要我,都和他在一起。一想到这些不禁心跳血涌,头晕目眩,好几次一边拿着衣服扔进皮箱,一边平白无故地笑起来,那位使女感到莫名其妙,我也觉得自己有些神经错乱。侍者进来搬箱子,我瞪眼望着,茫茫然不知他在干什么:我情绪过于兴奋,心中激情澎湃,无暇顾及一切身外之物。

"时间很紧迫,估计已经七点了,最多还有二十分钟火车就要开了。是的,我自我安慰,我现在不是去送别,我已经决定,要跟他走,不管天涯海角,他想去哪里我就跟他去哪里。侍者已经把箱子拎出去了,我匆忙到饭店账房去结账。饭店经理已经找钱给我,我正要离开,忽然有一只手在我肩上轻拍一下。我吓了一大跳。是我表姐,我刚才假装身体不适,她放心不下,特意来看我。我觉得眼前一黑,我现在可不需要她,耽搁一秒钟都意味着后果严重,损失无法挽回,可是,又不得不顾及礼节,至少得和她寒暄几句。'你必须上床休息,'她劝我,'你肯定是发烧了。'我的确是发烧了,因为,我脉搏急促,两边太阳穴像擂鼓似的咚咚直跳,只感到眼前阵阵青影乱晃,马上就要晕倒。可是,我竭力撑持着,装出感激的样子,实际上每句话都让我心急如焚,她的关心太不合时宜,我真恨不得一脚将她踢开。这位不速之客偏偏待着不走,一再纠缠,她掏出古龙香水,不由分说,硬要亲自给我抹在太阳穴上。我却在计算着分分秒秒,心里挂念着那个人,盘算着如何找个借口,好摆脱这种使人痛苦的关心,我越是心神不宁,她越是担心,到后来她几乎是硬要逼着我回房休息。忽然——她还在左说右劝——我冷不丁地看了一眼大厅中央墙上的挂钟:只差两分就到七点半了,而火车七点三十五就要开。我彻底绝望了,听天由命,狠狠地用手一推,猛地甩开了我的表姐:'再见,我非走不可!'我毫不理会她那惊愕的目光，对那些满面惊奇的饭店仆役看都不看一眼，一口气冲出大门，奔上大街，径直赶往车站。我远远看见守着行李的侍者正激动地朝我挥手，便知道时间到了，我拼命冲向检票口，检票员却拦住不放：我没有票。我竭力婉言相求，不料，这时火车蠕蠕开动，我浑身发抖，直愣愣地望着，只盼着从哪一个车厢窗口还能再见他一面，看到他的一颦一笑、一次挥手。可是，火车飞快地向前滑动，我再也无法看到他的面容，一节节车厢飞驰而逝，一分钟后，除了冉冉浓烟在我眼前缓缓升起，一切已不见踪影。

"我站在那里，像尊泥塑木雕似的，天知道站了多久，那个侍者准是叫了我几遍，见我没有回应，才大胆地碰了碰我的胳膊。我猛然惊醒。他问我要不要将行李再运回饭店。我想了好几分钟，不，那不行，我手忙脚乱地走了，那么仓促、那么可笑，我不可能再回去，也不愿意再回去，永远不再回去。此时我真是心烦意乱，万般孤寂，只好吩咐他将行李寄存到保管处。我站在车站的候车厅里，身边人来人往，嘈杂喧闹，我尽力思考，想想怎么才能摆脱这种愤怒懊丧、悔恨绝望的痛苦心情。因为——为什么不承认呢？——我那时痛恨自己错失了与他见面的最后一次机会，这个念头像一把灼热而锋利的尖刀在我心里来回绞动。

我心痛得无法呼吸，简直想要满地打滚，号啕大哭。只有平日里感情平和、态度矜持的人才会在一生中绝无仅有的动情时刻，表现出这般雪山突崩、狂风乍起似的激情。多年未曾使用的力量郁结成愤恨怨怒，从我胸中忽然倾泻出来，奔腾澎湃，一泻千里。我从来，无论在此之前或自此之后，不曾像现在那样，感到惊骇愤怒，满腔怨恨，无可奈何，不知所措。我本心意已决，不惜孤注一掷，准备将我洁身自好、检点收敛的一生全部抛弃，却突然发现前面是一堵墙，我被激情带着一头撞在墙上，却毫无结果。我接下来所做的事情已经超出自我控制的范围，不可能再有其他的解释。那简直是发了疯，甚至可以说是非常愚蠢，我简直羞于启齿，可是，我答应过自己，也答应过你要做到毫无隐瞒。我那时……又去找他了……我是去找和他共度的每一秒……我昨天与他共同待过的每一个地方都强有力地吸引着我，我要去看看临街花园的那张长椅，我就是在那里将他拉走的，我想去当初见他的那家赌场，甚至还想去那个下等旅馆，只是为了……为了追忆往事，重温旧梦。我还打算明天乘着马车，沿科尔尼切大道旧地重游，重温他的每一句话、每一个动作。我心烦意乱，怪自己竟会落得这么空虚无聊、这么幼稚可笑的境地。可是，你想想，那么多事情对我来说简直是突如其来，疾如闪电，我没有别的感受，只能像是受了沉重一击，昏迷不醒。现在我却又从意乱情迷中惊醒过来，还想重新品味，重新领略一遍正在消逝的新奇感受。我们称之为记忆的东西具有一种自我欺骗的魔力，当然，就是这么一回事，不管人们是否理解，也许要想真正了解其中的奥秘，那就需要有一颗熊熊燃烧的心。

"就这样，我先去了赌场，想看看他在那里坐过的那张椅子，在许多只手当中想象出他的那一双手。我走了进去，我还记得，我第一次看见他的地方，是第二个房间里靠左边的赌台。他的神态身影如在眼前，种种姿势也历历在目：我就像一个梦游者，闭着眼睛，伸着双手，也能找到他所待过的地方。我就这样走了进去，径直穿过大厅。就在此时……当我从门口把目光转向那纷乱的人群……我眼前发生了一件奇事……就在我梦想中他所在的那个位子上，突然看见——这简直是热病造成的幻觉吧！——……那里坐着的就是他……真的是他……的确是他……正是我刚才梦中想象的那样……和昨天完全一样，他两眼直愣愣盯着转盘里的弹子，脸色苍白亢奋……是他……是他……明明就是他……

"我大惊失色,简直要叫出声来,可是,眼前的情景太不可思议了,我极力镇定,紧紧闭上双眼。'你疯了……你做梦呢……你烧糊涂了,'我连连对自己说。'这是不可能的,这是幻觉……半小时前他已经坐车走了。'然后,我又重新睁开眼睛。可是,太可怕了:和刚才一样,他依然坐在那里,的确是他……在千百万只手当中我也能认出他的那双手……不,我没有做梦,千真万确,真的是他。他并没有遵守自己的誓言,没有乘车离开,这个疯子又上了赌场,他又有了钱,我给他当路费的钱,他又沉湎于激情之中,完全忘记自我,大赌特赌,而我还在痛苦绝望地为他痛断肝肠。

"我猛地一下冲上前去:愤恨使我视线模糊,我气得两眼发红,这个背信弃义的家伙太可耻了,他欺骗了我,将我的信任、我的感情、我的献身统统抛在脑后,我恨不得掐死他。但是,我还是克制着自己。我强迫自己放慢脚步(我费了多大的劲啊!)走近赌台,正好站在他对面。一位先生彬彬有礼地给我让座。我们两人之间只隔着两米宽的绿呢台面,我像是坐在剧院包厢里看戏,可以清清楚楚地观察他的一举一动。正是这张脸,两小时前我还见它光彩照人,满含感激之情,闪耀着欣蒙神恩的灵辉,现在却又被地狱火焰般的激情所吞噬,抽搐不已。他的这双手,正是这双手,今天下午我还见它紧紧地抱着教堂的经案,立下最神圣的誓言,这时又弯曲如钩,四面攫钱,活像贪得无厌的吸血鬼。因为,他赢了钱,一定赢了很多很多钱:他面前乱七八糟地摆着一大堆闪闪发光的筹码、金路易、钞票,随随便便地堆在一起。他的手指,他的神经质的索索颤抖的手指,极其兴奋地在钱堆里伸展搓揉。我看见他轻轻地抚摸着那些钞票,将它们一一摊开抚平,旋转着那些金币,喜滋滋地轻轻摩挲,突然,他猛地抓起满满的一把钱,扔到一处下注的方格里。他的鼻翼立刻飞快地连连抽搐,管台子的人的叫喊声使他双眼大睁,他那贪婪的、闪闪发光的眼睛从钱堆上移开,直勾勾地盯着那个嘣嘣直跳的弹子。他的灵魂已从身体里冲了出来,而双肘却像是被牢牢地钉在绿呢台面上。他那副发疯着魔的神情,比前一天晚上所表现的更加可怕,更加让人毛发悚然,因为,他现在的一举一动都在破坏他在我心中的美好形象,这种美好形象恰像是镶嵌在金边像框里闪闪发光的照片,我一时轻信,才把它留在心里。

"我们两人面对面相隔两米,各自喘息不宁,我盯着他看,他却丝毫没有注意到我。他看不见我,他谁也看不见,他只盯着钱,目光只在来回滚动的弹子上转悠,他所有的感官全被这个疯狂的绿色圈子囚禁住了,只在那里窜来窜去。对这个嗜赌如命的人来说,整个世界、整个人类全都熔解在这片铺着绿呢的四方格子里。我知道,我哪怕在这里一连站上几小时,他也决不会意识到我的存在。

"可是,我再也忍不住了,我突然下定决心,绕着赌台走到他背后,用手抓住他的肩膀。他抬起头来,目光昏乱,他瞪着玻璃球似的眼珠望着我,有一秒钟之久,活像一个醉汉被人从沉睡中摇醒,眼里还是昏昏沉沉,迷迷蒙蒙。然后,他似乎认出了我,嘴角颤抖,往上一咧,喜形于色,仰望着我,结结巴巴地低声说:'手气不错……我一进来就看见他在这里,马上就知道要交好运了……我马上就知道了……'我不明白他在说什么。我只看出他已赌得如痴如醉,这个疯子早已忘记了一切,忘记了他的誓言,忘记了他的约定,忘记了我,忘记了整个世界。可是,就算在他发疯着魔的时候,他那狂喜的神情还是令我大为着迷,我竟不由自主地顺着他的话说,十分惊诧地问到底谁在这里。

"'那边,那个独臂的俄国老将军,'他悄声告诉我,直凑近我的耳朵,不能让别人偷听这个秘密。'就是那个长着白胡子的,身后还站着一个侍从。他老是赢钱,我昨天就注意到他了,他准是有一套法宝,我现在回回跟着他下注……他昨天也老是赢钱……不过我昨天犯了个错误……不该在他走了以后还接着赌……我的错……他昨天一定赢了两万法郎……他今天也是每回都赢……我现在老跟着他下注……现在……'

"正说着,他突然住口,因为那时,管台子的人扯着嗓子大叫:'请各位下注!'一听到这声音,他立刻移开目光,死死地盯着那个白胡子俄国人。俄国人稳稳地坐在那里,气定神闲,不动声色,从容不迫地拿出一枚金币,迟疑了一下又拿出一枚,一齐押在第四格上。马上,我眼前这双迫不及待的手立刻伸进钱堆,抓起满满一大把金币,也押在同一格上。一分钟后,管台子的人大叫一声:'空门!'接着便将桌子上所有的钱全部揽走,这时,他望着那被席卷一空的钱,竟像是在看什么奇迹,你以为,他会回过头来看我一眼?不,他早就把我忘得一干二净,我早已从他的生活中沉没、消逝、彻底退出。他无比紧张,眼里只有那个俄国将军,那人漫不经心地又拿出两枚金币,还不曾决定押在哪一个格子上。

"我无法向你形容我的气恼、我的绝望。可是,你试着设想一下我当时的心情:为了他,我抛弃自己全部的生活,现在我在他眼前就像一只苍蝇,懒洋洋地轻轻一挥手就想赶我走。一阵忿恨从我心底涌起。我猛地一把抓住他的胳膊,他大吃一惊。

"'站起来!'我的声音不高,但口气却是在下命令。'想想今天在教堂里发的誓,背信弃义、卑鄙无耻的家伙!'

"他两眼凝视着我,惶恐不安,脸色苍白。他的眼里突然流露出颓丧的表情,像一条挨了打的狗,他的嘴唇不停地颤抖。他似乎猛然记起先前的事情,好像有些醒悟。

"'是的……是的……,'他喃喃地说。'啊,上帝,我的上帝啊……是的……我就走,求您原谅……'

"他开始着手整理着那堆钱,起初动作快捷迅猛,很是毅然决然的样子,接着,渐渐地变得有气无力,像是被一股逆流又冲了回去。他的目光又重新落在那个正在下注的俄国人身上。

"'请再等一下……'他飞快地抓起五枚金币,扔到俄国人下注的那个格子里……'只赌一把……我向您起誓,我马上就走……只赌这一把……只赌……'

"他的声音又消失了。弹子已经滚动起来,将他的灵魂也带走。这个着了魔的人摆脱了我,也摆脱了自己:轮盘旋转不停,弹子滚动跳跃,他的心也跟着弹子跌进光滑的木槽。管台子的人又高声叫喊,筢杆又揽走他那五枚金币;他又输了。可是,他并没有转过头,他忘了我,忘了自己的誓言,忘了一分钟前跟我说的话。他那双贪婪的手又痉挛地伸向越来越少的那堆钱,他那双眼睛如痴如醉,熠熠发光,只顾盯着吸引他的那块磁铁——他对面那位给他带来好运的赌客。

"我忍无可忍,又推了他一把,这一次却铆足了劲。'站起来!马上走!……你说过只赌一把的……'

"可是,想不到的事情却发生了。他突然转回头,瞪着我,不再是一张谦卑恭顺、惶恐迷惑的脸,而是一张暴怒的脸,气得两眼冒火,嘴唇不停地颤抖。'别烦我!'他向我大吼。'走开!你给我带来晦气。你在这里我老输钱。昨天是你连累了我,今天又是。走开!'

"我顿时愣住了。可是,他这一发疯,我也怒不可遏。

"'我给你带来晦气?'我对他喊道,'你这个骗子,你这个贼,你向我发过誓……'我还没说完,这个中了邪的家伙就从座位上跳起来,猛地将我推开,周围的人纷纷骚动,他却毫不在意。'不用管我的事,'他不顾一切地高声叫嚷,'你又不是我的监护人……走,……把你的钱拿走。'

他把好几张一百法郎的钞票朝我扔过来,'现在别烦我啦!'

"他叫得那么凶,像是着了魔,丝毫不顾有上百人围观。人们探头张望,窃窃私语、指指点点、暗暗嗤笑,连许多隔壁大厅的人也好奇地纷纷挤了过来。我只觉得自己像被剥光衣服,赤身裸体站在众人面前……'夫人,请安静!'管台子的人粗暴地大叫,一边还用筢杆敲着桌子。他是在命令我,这个下贱东西的话是冲着我的。我受了屈辱,感到无地自容,站在这些交头接耳窃窃私语的人面前,活像一个妓女,被人将钱扔到脸上。两三百只肆无忌惮的眼睛直盯着我,忽然……当我羞愧难当避开眼去……忽然遇着了一双惊骇万状的眼睛直愣愣地盯着我,像两把利刃一样刺向我——那是我的表姐,她失魂落魄地看着我,张口结舌,高举着一只手,像是吓呆了。

"我顿时吓得魂不附体:不等她有所行动,趁她还没有从惊骇中缓过神来,我立刻冲出大厅,一口气逃出门外,冲向一张长椅——就是那个着了魔的人昨天晚上倒在上面的那张长椅。我也同样精疲力竭,同样身心憔悴,一下子就倒在这张坚硬无比、冷酷无情的木头椅上。

"如今此事已过去二十四年,只要我回想起那一瞬间,回想起自己受了他的凌辱,在千百个陌生人面前被他嘲弄得遍体鳞伤，我就会立刻感到浑身冰凉。同时我还体味到，我们平时夸夸其谈称之为灵魂、精神、感情的那些东西，我们称之为痛苦的那些东西，是多么无力，多么浅陋，多么微不足道啊！即使所有这些东西施与到我们身上，也无法使我们受苦受难的肉体完全毁灭，即使在这样的时刻里，我们还是血脉不停，一息犹存，而不是像一棵大树受了雷劈电击，立刻拔根倒地，一命呜呼。我当时的痛苦虽然只是那么一下子，只有那么一个瞬间，却痛彻肌肤，我呼吸停顿，浑身沉重，倒向那把长椅，体会到一种与世长辞的快感。可是，我刚才说过，一切痛苦都是懦弱的表现，在强有力的求生欲面前，它就会悄悄隐退，我们肉体的求生欲似乎远比我们精神的求死的愿望更为强烈。我悲痛欲绝，我自己也搞不清楚，后来又怎么站了起来，不过，事实上我就是又站了起来，当时心里并没有想到要做什么。我突然想到，我的行李还在火车站寄存着，我马上有了一个主意，离开，离开，离开，离开这儿，离开这个座该死的地狱魔窟。我谁也不理，一口气赶到火车站，打听下一班去巴黎的火车什么时候开；守门人告诉我十点钟有一趟，我立刻办好托运行李的手续。十点——从那场惊心动魄的邂逅开始，到现在正好是二十四小时，这二十四小时充满了各种各样荒谬绝伦的情感变化,此起彼伏,犹如风雨肆虐,我的内心世界从此被永远摧毁。可是那时,我脑子里别无他念,只有一个字永远在敲打着我:走!走!走!我头上血脉急涌,就像是有个木楔不停地敲进我的太阳穴:走!走!走!离开这个城市,离开我自己,回到家里去,回到亲人身边,回到过去,回到自己的生活里去!我连夜乘车前往巴黎,在那里换车,一站接着一站,从巴黎到布隆,从布隆到多佛,从多佛到伦敦,从伦敦到我儿子那里,一路狂奔,快捷如飞,整整四十八小时不睡,不吃,不说话,车声隆隆,只是重复着:离开!离开!离开!离开!最后,我终于到了我儿子的乡间别墅,人人感到意外,个个大吃一惊:我的举止和眼神想必有些异样,泄露了我的秘密。我的儿子想要和我拥抱亲吻,我连忙避开他:我实在无法忍受,我想到自己的嘴唇已经被玷污,不能再跟他接吻。我什么话也不说,只想洗个澡,我觉得必须洗净旅途所受的污秽,也必须洗净我身上其他的一切污秽,那个着了魔的人、那个一文不值的人,他的激情仿佛还留在我身上。随后,我迈着沉重的步子进了自己的房间,睡了十三四个小时,昏昏沉沉,如同僵死,在此之前和从此之后我都从来没有这样睡过,这次睡眠使我体会到躺在棺材里瞑目长辞的滋味。我的亲人对我关怀备至,像是对待病人一样,可是,他们的体贴柔情只能令我痛心疾首。他们对我敬爱有加,我只感到羞惭难当,我不得不时时刻刻留意,提防自己突然失声喊叫起来。为了一时疯狂而荒唐的激情,我竟要背叛他们,忘记他们,抛弃他们,这真是令我无比的汗颜。

"后来,我无所事事,又去了法国的一个小镇,那里谁也不认识我,因为,老有一个幻觉纠缠着我,我感到无论谁只要看我一眼,他便能识破我的耻辱,窥见我内心的愧疚。我深深地感到自己不忠、不洁,连灵魂最深处也不得安宁。每当清晨醒来,我就会惊惶恐惧,害怕睁开眼睛。那一夜醒来时的感觉又向我袭来,唯恐突然发现身旁有一个半裸的陌生人,我顿时和当时一样,只有一个愿望:赶快去死。

"然而,时间终究是最有力的,年龄对于一切情感都有一种奇怪的磨蚀作用。人若想到死期将至,死神的阴影已横在人生之路上,一切事物就会显得暗淡模糊,不再那么尖锐刺目,它那撕心裂肺的力量就会大减其威。渐渐地,我已能心定神宁无所畏惧了。多年以后,有一回我在一次宴会上遇到一位奥国公使馆的参赞,一个年轻的波兰人,我问起了那个家族，他告诉我，那是他堂兄的家族，这位堂兄的儿子十年前在蒙特卡洛自杀了。我听了这话没有丝毫的触动。这事不再使我痛苦，它也许——何必否认自私之心呢？——还使我感到庆幸呢，因为我一直担心说不定什么时候会碰到他，这点最后的恐惧现在也完全消失了。现在除了我自己的记忆，再也没有什么不利于我的证据了。从此以后，我变得心安神宁。人变老并不意味着别的，只是意味着对过去不再感到不安。

"您现在大概可以明白，为什么我会突然向你谈起自己的经历。你为艾莉昂特太太辩护，你热情地宣称，二十四小时的时间完全可以改变一个女人的命运，我当时觉得这就是说我：我非常感激你，因为，我第一次觉着自己的行为得到别人的认可。我暗自思索：将自己的心里话爽快地倾吐出来，也许能消除心头的压抑，卸下长年不能释怀的心病。这样，我明天也许可以前往蒙特卡洛，再次踏入决定过我命运的那座赌场，对他对我都不再有任何怨尤之心。如果这样，压在我灵魂深处的那块巨石就会滚落，沉入深渊，永不出现。我能将这一切说给你听，对我大有好处：现在我轻松多了，几乎感到快乐……我谢谢你。"

说到这里，她突然站起来，我知道，她已经叙述完毕。

我十分窘迫，想找句合适的话来安慰她。可是，她准是觉察到我的尴尬，赶忙阻止我：

"不，请你什么也不用说……我不想让您给我什么承诺，也不需要你对我说些什么……我非常感谢你听完我的话，祝你一路平安。"

她站在我的对面，跟我握手道别。我不由自主地抬头看向她的脸。我大为感动：这位老太太神态慈祥，不过，不知是由于往昔激情的回照，还是心慌意乱，她的脸颊忽然泛起了红晕。

她站在那里，就像一位少女，对往事的回忆使她像新娘一样局促不安，刚才的坦率陈述也令她腼腆羞赧。我大受感动，更觉得应该说些什么，表达我对她的敬畏之心。然而，我喉管哽咽，说不出话来。于是，我弯下腰，满怀敬意地吻了吻她那像秋叶般枯萎的手（因激奋而微微战栗着）。

月
光
巷

我们的船因暴风雨天气耽搁了，夜里很晚才在一个法国港口靠岸。错过了开往德国的火车，我不得不在这里多逗留一天。在这个不知名的海边小镇，我孤身一人，也不知道做点什么才能更好地打发时间。除了听听暧昧的酒吧里那使人忧郁的舞曲，或者和萍水相逢的旅伴时不时地闲聊几句，看来真的没有什么其他事情能吸引我了。在我们落脚的小旅馆的餐厅里，空气混浊，烟雾缭绕，还有一股油烟味儿挥之不去。何况这些天我一直享受着海洋的微风，海水还咸咸地、凉凉地停留在我的嘴唇上，让我更是无法忍受这污浊的空气。于是，我决定出去散散步。沿着主路，我向一个广场信步走去，当地的乐队正在那里演奏。我夹杂在懒散的人群当中，继续往前走。起初我还觉得在这些漫不经心，又很有特点的当地人中间闲逛十分惬意，然而很快我就受不了了。这么多的陌生人与我如此贴近，大家你推我搡，又肆无忌惮地大笑，并且对我这个陌生人指指点点，不一会儿我就觉得浑身都不舒服了。

海上的航程已经在不间断的颠簸中结束了，我的血液里还残存着眩晕和微醉的感觉。总觉得脚下的大地还在不断地起伏和旋转，街道也摇摇晃晃地直达天际。我觉得头有点晕，为了逃离这喧嚣，我一头扎进了一条小巷，甚至没来得及看看这条小巷叫什么名字。从那里，我又拐进了一条更窄的巷子，这时，音乐和人群的嘈杂声才渐渐地远去。继续向前走，这些小巷如血管一般纵横交错。因为没有弧光灯，我离中心广场越远，这些小巷就越昏暗。站在微弱的灯光下，我终于又看见了头上的星星和昏暗多云的天空。

这里一定是水手聚居的地方，而且离港口很近。因为我能闻到一股腐臭的鱼腥味，一股海藻腐化的霉烂味，还有不通风的房间散发出来的那种特殊的烟气。这种难以描述的气味充斥着房间的每个角落，只有等一场猛烈的风暴来临，才能把它吹散。这影影绰绰的昏暗和难得的孤独让我觉得很是放松和惬意。我放慢脚步，打量着一条又一条的小巷，每一条都不相同，有的安静祥和，有的暗潮涌动。

然而，每条小巷都隐翳在黑暗之中，传来阵阵的低语和音乐声。这些声音不知道是从哪里冒出来的，仿佛都被这些小巷给裹挟了起来，根本无法猜出它们是从哪儿传出来的，因为所有的门窗都关上了，只有走廊里红色和黄色的灯光在闪烁着。

我喜欢陌生城市里的这些小巷，它们是情欲与金钱交易的市场，这里拥有水手们无法抗拒的诱惑。那些水手在海上度过了一个又一个孤独寂寞的夜晚，船舶靠岸后他们来这里过上一晚，期待在短暂的一个小时之内把他们的肉欲梦想变为现实。这些巷子只能隐藏在城市里的一些僻静和"不体面"的角落里，因为在这里人们淫秽的行为是明着进行的，而生活在那些舒适明亮的大房子里的精英们在干这些见不得人的勾当时，却是藏在了多少层帷幔的后面。在这儿，狭小的房间里挤满了跳舞的人，电影院门口贴着引人注目的海报，门廊下四方的灯笼闪烁着摇曳的光儿，明明白白地邀请路人进去。酒吧红色窗帘后面传来醉汉的争吵声。水手们见了面时，都相视一笑，他们满怀期待，眼睛里闪烁着贪婪的光，因为这里无所不有：女人和赌博，酒精和表演，低级和高级的艳遇。但是这些诱惑都是在百叶窗后面隐蔽地进行，你必须走进去才能发现它的奥秘，而这样的若隐若现更增加了它的诱惑力。这样的街道，在汉堡、科伦坡、哈瓦那也有，它们都十分相似，就像许多大城市繁华的街道都很相似一样，因为无论在哪里，上层和上层、下层和下层人的生活都相差无几。这些不整洁的街巷是肉欲的无序世界的一种畸形的残存，在那里性行为依然在野蛮和毫无节制地进行着，而这些小巷就是一片充斥着激情和情欲、人的本能和兽性的幽暗的森林和灌木丛。它们用其外露的东西使你好奇，又以其隐藏的东西引诱你乖乖就范。

　　进了这条迷宫似的小巷，我感觉一下子就被它俘获了。我随便跟在两个胸甲骑兵后面闲逛，他们的马刀在凹凸不平的路上碰撞出叮叮当当的响声。他们从一个酒吧前走过时，里面有几个女人喊着跟他们说话，他们笑了起来，回敬了几句粗俗的玩笑，其中一个骑兵敲了敲窗户，里面传出一阵骂声；他们继续往前走，那些粗俗的笑声越来越远，很快就听不见了。小巷再次陷入了沉静，朦胧的月光下，只有几扇窗户透出微弱的光儿。在这寂静之中，我深吸了一口气，这静谧让我十分好奇，因为它的背后仿佛隐藏着一个神秘、性感而又可怕的世界。我有一种直觉，这寂静是一种假象，在这幽静的小巷里弥漫着这个世界上的一股糜烂之气。我站在那里一动不动，倾听、凝视着这空虚的世界。无论是这座城市，还是这条小巷，或者小巷的名字，甚至于我自己的名字，我此时都感觉不到了。我只意识到：在这里，我是一个外乡人，我已经奇妙地置身于一个陌生的环境中；我没有任何目的，也无事可做，更和这里混乱的生活毫无关系，但是我仍能清晰地感受到这一近在咫尺的淫荡世界，就像是感受到我血管里血液的流动一样。我觉得这里发生的一切都不是为了我，但一切又都跟我密切相关。与这种难以表达的快乐的感觉——我并非是这里的一个参与者——相随而来的是我的这样一种确信：我来这里是为了获得一种能触动到我心灵最深源头处的体验——这一感觉到来时，总是使我内心充满了一种由无意识层面而产生的快感。

我站在空荡荡的小巷中倾听着，满心期待能发生点儿什么，好让我摆脱这空虚的感觉。突然间，我听到一首德国歌曲从远方传来，可能是因为隔着层层的墙，这歌声听得并不真切。一个女人唱着《自由射手》里一段简单的曲调："美丽的绿色的少女花冠啊……"她唱得很蹩脚，但那的确是首德国曲子，在这里，在这异国他乡的偏僻小巷里，听到它我觉得格外亲切。我不知道歌声是从哪里传来的，但我觉得这好像是我的祖国在和我打招呼。我不禁问自己，是谁在这里说着我的母语呢？是谁的记忆唤醒了这首悲伤的歌？我循声而去，走过一座座房子，这些房子的护窗板都关得严严的，但里面却闪着灯光，不时还能看到女人手臂的影子。这里所有的门都关着，把人拒之门外，但又充满诱惑地邀人进去。声音越来越近，我终于找到了这所房子。在稍稍迟疑了一下后，我掀开门外厚厚的帘子，径直向里面走去。在走廊我遇到了一个男子，虽然被头顶的红灯笼照着，但仍能看出来他的脸因惊慌失措而变得惨白。他瞪大了眼睛看着我，嘟囔了一句类似道歉的话，便消失在了小巷里。我看着他离开的背影，心想："真是个奇怪的家伙。"此时，屋子里依旧荡漾着歌声，而且听得越来越真切。我推开门，迫不及待地走了进去。

歌声戛然而止，仿佛被一把刀拦腰砍断一样。屋子里死一样的寂静，好像我破坏了什么东西似的。渐渐地，我的眼睛适应了屋里昏暗的光线，我发现这间屋子几乎空无一物：只在一侧有一个吧台，一张桌子和两把椅子。很明显，这只是后面其他房间的一个服务台而已。走廊边上有许多房间，一些房间半开着门，里面能看见昏黄的灯光和一张双人床，这让人不难猜出这些房间的真正用途是什么。

一个化着浓妆、面容疲惫的姑娘，把胳膊肘撑在吧台上，站在前面。吧台后面是老板娘，臃肿肥胖，邋里邋遢，身旁还有一个长得相当不错的姑娘。我向她们问好，但是过了很久才听到一声无精打采的回应。这个屋子冷淡、沉闷的氛围，令我很不舒服，真想转身就走，可是一时又找不到合适的理由，就只能听天由命地在桌边坐下。

那个姑娘这时才想起她的职责，问我想喝点什么。听到她那生硬的法语发音，我一下子就猜出了她是德国人。我点了啤酒，她懒洋洋地走过去帮我拿了过来，比起她那淡漠的眼神，她的步履显得更加的懒散和懈怠。她完全是机械地按照这类生意的习惯，给自己也倒上了一杯，放在我的杯子旁边，然后也坐了下来。和我碰杯时，她目光空洞地扫了我一眼，我这才得以仔细地打量她。她五官端正，还算漂亮，但是因为心力交瘁，她的脸就像是戴着面具一样。她面部粗糙，皮肤松弛，眼睑下垂，头发散乱，嘴角还有两道深深的皱纹。她的衣服乱作一团，因为长期吸烟饮酒，声音也变得沙哑。很明显，这个女人十分疲惫，只是出于习惯而麻木不仁地继续活着。我非常惊讶，为了不再尴尬，我问了她一个问题。她看都没有看我，只是微微动了动嘴唇，应付了一句。我觉得在这里我并不受欢迎。

吧台后面的老板娘打着哈欠，另外的那个年轻姑娘坐在角落里，似乎在等我叫她。我本想离开这里，但是我的四肢像灌了铅似的，站也站不起来。此时的我充满了恐惧和好奇的心理，因为她们这种冷漠态度，反而让这一切变得更有诱惑力了。

突然，坐在我旁边的女人发出一串刺耳的笑声，这着实吓了我一跳。此时，灯光晃动了一下，紧接着一阵穿堂风吹了过来，我猜一定是有人把走廊的门打开了。

"你又回来啦？"她用德语嘲讽地说。

"你这个吝啬鬼，又围着房子转啦？喂，你进来吧，我不会把你吃了的。"她说这话时，仿佛心中的怒火要喷涌而出似的。

我扭头看了看她，然后走过去开门。我认出了这个人，就是我进来时在门口仓皇离开的那个男子。他像个乞丐一样，哆哆嗦嗦地拿着帽子，被那些尖酸刻薄的言语和冷酷无情的笑声吓得战战兢兢。老板娘在吧台后面和那个女人小声嘀咕了几句，他便越发显得不安了，整个身子都颤抖起来。

"去，坐到弗朗索瓦丝那边去！"我旁边的女人大声喝道，"你没看见我有客人吗？"

她是用德语说的这两句话,老板娘和和另外的那个姑娘大声笑了起来,尽管她们什么都听不懂,但是很显然她们和这个客人很熟。

"弗朗索瓦丝,给他拿一瓶香槟,最贵的那种!"她嘲讽地大声说道,"你要是嫌贵,就在外面待着,不要进来打扰我们。我知道你是一分钱也不想花,就想进来看我,这不可能,你这个小气鬼。"

听到这些恶意的讥讽,他长长的身躯不由得蜷缩成了一团。他像一条被鞭打的杂种狗,侧着身小心翼翼地走到柜台前,哆哆嗦嗦地把酒倒进了杯子里。很显然,他很想看看我身边这个满嘴恶言的女人,但是他无论如何也不敢抬起头来。灯光下,我终于看清了这张形容枯槁的脸,他头发湿漉漉的,有几缕稀疏地搭在凸起的额头上,四肢关节松动得好像快要散了架似的。他是一个可怜人,苍白无力,但还是能从他身上嗅出一丝愤恨的味道来。他整个人歪歪斜斜的,直到现在才敢抬起来看了一眼,然而,并没敢直视前面,而是躲躲闪闪的,眸子里充满了邪恶的光儿。

"别搭理他!"那女人用生硬的法语对我说,随即一把抓住了我的胳膊,似乎硬要让我转过身来,收回我看他的目光。"我和他之间说来话长,不是一天两天的事了!"然后她又龇牙咧嘴，像要咬人似的冲他大声喊，"听着，你这个老东西，我就是跳海也不可能和你走！知道了吗？"

老板娘和那个姑娘又笑了起来，这对她们来说，似乎是每日必看、习以为常的笑话了。然后，我看到了非常尴尬的一幕：弗朗索瓦丝假装亲热地搂着他，并且温柔妩媚地爱抚他。他非常害怕，焦虑不安又畏畏缩缩地看了我一眼。这时，我身边的女人好像突然从睡梦中醒来，她满怀恶意，面目狰狞，双手抖得厉害，样子令人生畏。我往桌子上扔了些钱，想起身离开。但是，她并没有拿。

"如果他打扰您了，我就把他赶出去，这条死狗。他得乖乖听话。来啊，我们再喝一杯。"

她紧靠在我身上，装出一副很热情的样子，我一下子就意识到她这是在逢场作戏，无非是想要折磨那个男人罢了，因为她总是用眼角的余光看着他那边。我看见每当她献媚于我，这个可怜的男人就会缩成一团，仿佛有一个烧得通红的烙铁烫在了他的身上，这让我十分厌恶。我没有搭理她，只是盯着那个男人，望着他被愤怒、嫉妒和渴望的洪流席卷。只要她看向他，他就立刻蜷成一团，连我看了也禁不住战栗起来。她贴得我更紧了，我感到她在颤抖，她在享受这个残忍的恶作剧给她带来的快感。她那散发着劣质香粉味儿的皮肤令人憎厌，为了和她保持一点距离，我拿出了一支雪茄。见我在找火柴，她就大声喊道："拿火来！快点！"

看到她故意为难那个男人，让他服侍我，我非常吃惊，便尽可能快地想在自己的口袋里找到火柴。但是她的命令像鞭子一样抽在他的身上，他已经拿着火柴跟跟跄跄地走了过来。有一瞬间，我俩的目光相遇，他的眼里是无尽的羞愧和不敢言语的愤恨。这卑微的目光触动了作为一个男人的我的心弦，察觉了这个女人对他的羞辱，我觉得自己也被羞辱了。我用德语说：

"先生，谢谢您。本不该麻烦您的。"

我向他伸出手。他犹豫了一下，才把他那双骨瘦如柴的手伸了过来，然后紧紧地握住了我的。我们的目光再次相遇，他眼里闪烁着感激的光芒，可很快就消失在他低垂的眼帘里了。我故意和那个女人作对，想邀请他和我们同坐，我已经做出了邀请的手势，没等我开口，那个女人就尖声叫道：

"立刻回去，回到你那边去，别再来打扰我们！"

这一刻，她尖锐的声音和恶毒的行为令我真的感到很恶心。我不禁问自己，我何必让这个可恶的妓女，痴呆的男人，这啤酒、香烟和廉价香水的混合味儿，来搅扰我的心神呢？我想要去外面呼吸一下新鲜空气。我把钱推给她，站了起来，当她又谄媚地想要留住我时，我毅然决然地起身离开。我不想掺和进她这侮辱人的勾当里，我的态度清楚明了：她的妩媚对我来说没有丝毫的吸引力。她恼羞成怒，本想破口大骂，但话到嘴边还是咽了回去。她猛地转过身去，用玩味的眼神看着他，似乎想把所有的愤怒都发泄到他身上。他把手伸入口袋，哆哆嗦嗦地掏出了一个钱包。很显然，他害怕和她单独待在一起，由于紧张，他竟解不开钱包上的带子。我猜他一定不是一个花钱大手大脚的人，不像水手们那样慷慨，随便从口袋里拿出一大把钱就扔到桌子上。看样子，他习惯把钱数得清清楚楚，花钱之前，还会先捏在手指间掂量掂量，就像现在付他的酒钱一样。

"瞧，为了那宝贝似的几个钱，他的手抖个不停呢，"她向前迈了一步，嘲讽地说道，"太慢了，你就等着吧……"

他吓得往后退了几步。在看到他是那么害怕时，她耸了耸肩膀，脸上流露出极其厌恶的神情说：

"我一分钱也不要你的，我根本看不上你的臭钱！我知道你的钱都是有数的，你是一个铜板都不愿意多花，但是……"她拍了拍他的胸脯说:"你小心翼翼缝在背心里面的票子,可别让人偷走啊!"

就像是有心脏病的人突然感到一阵心绞痛一样,他脸色一下子变得煞白,手也捂在了胸口上。直到确定了钱还在,脸才渐渐有了血色,手也慢慢地放了下来。

"守财奴。"她不屑地说道。

听到这话,这个备受折磨的男人突然转过身来,把钱包和里面的东西都扔到了弗朗索瓦丝的腿上,然后像逃离火海似的冲了出去。那姑娘先是惊恐地叫了一声,随即明白了是怎么回事,便哈哈大笑起来。

她怒不可遏,呆呆地站了一会儿。然后闭上了眼睛,浑身变得瘫软无力。突然间,她变得又老又憔悴,看起来是那么的孤苦无助。

"出去之后,他一定会因为这个钱痛哭流涕,甚至还可能会去警察局,说我们偷了他的钱。明天他还会到这里来,但是他不可能得到我,不可能的。别人都可以,就是他不行。"

她走到吧台,拿起一杯白兰地,一饮而尽。眼神里又闪出了一道恶毒的光,只不过这光很模糊,仿佛是从眼泪后面折射出来的。对她厌恶至极的我此时已对她没有了同情心，我说了声"晚安"，便离开了。

"晚安。"老板娘头也不抬地回了一句。

屋子里传出一阵尖厉、嘲讽的笑声。

当我来到外面时，小巷笼罩在没有星光的暗夜里，似乎比刚才更黑了。但很快，月光再次洒了下来，让我的心情舒缓了许多。我深吸了一口气，刚刚的阴郁一扫而光，取而代之的是对人类形形色色命运的惊叹。每想到在每扇窗户的后面都有某种命运在等着人们，在打开每扇门时，都有一种体验让人们去品尝，这一无奇不有的大千世界的种种怪相，只要有心都可以在这里观察到，每想到即使是在最肮脏污秽的住所里也正在孕育出新的生命，就像粪便中的幼体将会变成亮晶晶的甲虫一样……每想到这一切，我内心就会被一种几乎要我落泪的幸福感溢满。刚刚经历的不快已经烟消云散，紧张的神经也放松了下来，变成了一种惬意的疲惫感，现在只希望把我的经历变成一个美梦。我四下看看，想在这些纵横交错的巷子里找到返回旅馆的路。突然，一个人影闪了出来。

"不好意思，先生，"我一下子就听出了是那个男人低声下气的声音，"您对这儿不熟，我怕您找不到出去的路，那个……我可以给您带路吗？您住在？"

我说出了旅馆的名字。

"好的,先生。我知道这个旅馆。我陪您过去吧……如果您不介意的话。"他小心翼翼地说。

我打了个寒战。这个幽灵似的人,无精打采地走在我的身边,悄无声息。无论是水手区小巷的昏暗,还是我刚才的经历,都不由自主地被一种迷迷糊糊的梦幻般的感觉代替了。我不用看也能感受到他眼里的谦卑,也能觉出他嘴唇在紧张地抽搐,我知道他是想和我说话,但我并没有表态。因为我还有些神志不清,对他说的话提不起兴趣。他清了清嗓子,还是难以开口。那女人的残忍竟神秘莫测地转到了我身上,所以我并没有帮助他,任凭他在其自身的羞愧与内心的痛苦中挣扎,任凭沉默的空气在我们之间蔓延。我们两个的脚步声不和谐地交织在一起,我的步伐年轻有力,他的步伐年迈而迟缓。我感觉到我们之间的气氛越来越紧张。这沉默是一种无声的呐喊,就像是一根紧绷的弦,啪的一声断了,他打破了沉默。

"您已经……先生……您已经看到了刚才在屋子里所发生的奇怪的一幕。请原谅我……请原谅我又提起它……您一定觉得这件事很奇怪……觉得我很好笑……但是……那个女人……她是……"

他停了下来。随后他的声音变小，变低，"她是我的妻子。"

他一定是看出了我的惊讶，因为他急急忙忙地继续说下去，仿佛是为自己辩解一样。

"也就是说，先生，她曾是我的妻子……五年前，不，是四年前……就在那边黑森州的格拉茨海姆，我的家乡……先生，你千万别把她想得太坏。她变成现在的样子，可能都是我的错……她不总是这样的。是我……是我把她折磨成了这个样子。虽然她一贫如洗，我还是娶了她。她甚至连一件衣服都没有，没有……她什么都没有……可我很有钱……或者说不是很富，但过得很舒坦……至少那个时候很有财力……或许她说得对，我……我很节俭……是，在我们出事之前我的确很节省。可我的父母亲都是这样……还有我所有的家人也都很节俭。因为每分钱都是我辛苦赚来的……她虚荣，喜欢漂亮的东西，但又很穷……除了我给的东西她什么都没有。我经常因此而责备她……我知道是我错了……从那件事之后我才知道她那么高傲……您不要以为她天生就是你今天看到的这个样子……那不是真的，那都是用来骗人的……她伤害自己就是为了让我难受，折磨我……因为她对自己的所作所为和生活方式很是羞愧……或许她真的变成了一个坏女人,但是我……我不愿意相信……因为我记得她以前是个多么好,多么好的人。"

他停了下来,擦了擦眼睛,心情十分激动。我不由自主地看了他一眼。我不再觉得他可笑,甚至对于他不断奉承似的叫我"先生",我也不觉得厌恶了。他的表情说明,他费了很大的劲儿才说出了这番话来为她辩解。我们继续往前走,他的眼睛死死地盯着地面,好像他的故事就刻在人行道上一样。他重重地叹了口气,他的声音变得很深沉,和我预想中发牢骚的声音大不相同。

"是的,先生,她以前很好,很善良……对我也很好,感谢我使她摆脱了贫穷。我知道她对我充满感激……但我想听她亲口说出来……一次又一次地……反复听她说这样的话……我怎么听都听不腻。先生,我乐意听感恩的话……听到感恩的话,我心里就舒服……先生,每感到自己比她强,我心里就美滋滋的,这种感觉真是太妙了……为了能不断听到这些感谢的话,我愿意花光我所有的积蓄……但是她那么骄傲,当她发现自己越来越难以承认欠我的情,尤其是当我在这件事上直接向她提出要求时,她就更不愿意说感激的话了……所以……先生……我总是让她为了她想要的东西来求我……为了每一件衣服求我，为了每一条丝带求我……我就这样折磨了她三年，而且越来越狠……但是，先生，相信我，我这么做都是因为我爱她……我爱她的骄傲自信，可我还是忍不住要去侮辱她。唉，我真是太傻了！当她向我要帽子或者其他什么琐碎的小东西时，我就会假装很生气……每一个能侮辱她的机会，对我来说对都是极大的快乐……先生，在那些日子里，我从未意识到过我是多么爱她。"

他又沉默了，踉踉跄跄地走着。他已经忘记了我的存在，而后，仿佛是在睡梦中一样，他自言自语地说道：

"直到后来的一天，一个倒霉的日子，我才意识到了我有多爱她……那天为了她的母亲，她跟我要一笔钱，一笔微不足道的钱，我拒绝了……其实我已经准备好了这笔钱……可我想让她再求我一次……然后……那天当我回到家时，我发现她已经走了，桌子上留了一张字条……上面写着：'留着你那该死的钱吧，我不会再和你要一分钱。'除了这句，再也没有留下别的话。我像一个疯子似的找了三天三夜。我派人到河边去找，到森林里去找，为了能发现她的踪迹，还给了警察一大笔钱。我甚至找了所有的邻居，但是他们只是幸灾乐祸地挖苦我……没有踪迹，一点都没有。几个月之后,我得知有人看见过她和一个士兵在火车上……在开往柏林的火车上。当天我就不管不顾地去了柏林,至于生意,就让它自生自灭吧,这段时间我损失了不少钱……我的仆人,我的管家……所有的人趁我不在都中饱私囊……但是我发誓,先生,这一切我都不在乎……我在柏林住了一周……最后……我终于找到了她。"

他艰难地喘了口气,接着说道:

"先生,我发誓,我一句重话都没跟她说过……我哭着……在她面前跪下了……我把所有的钱都给了她,让她想怎么花就怎么花……因为我已经知道了,没有她,我活不下去……我爱她的每根头发,爱她的嘴唇,爱她的一切……我收买了她的房东,一个老鸨,卑鄙下流的女人,这样我就可以独自看到她了。见到我时,她面色苍白如石灰一般,但是她在听我讲话。先生,我确定她真的在听我讲话……见到我,她似乎很开心……但是当我提到我本该支付的那笔钱时……先生,毕竟我们不得不讨论这些实际的问题,你说对吧……她把她的情夫叫了过来,他俩讥笑我,让我不知所措……但是,我还是要见她,我每天都到那里去。别的房客告诉我,那个浑蛋已经抛弃她,她一无所有了。于是,我再次去找她……可是她把我给她的钱撕得粉碎,当我再去看她时,她已经走了……先生,你是不知道为了再次找到她,我都做了什么。我找了她一年,雇了不少的侦探。最后我得知,她去了阿根廷……流落在了……青楼。"

他又迟疑了一下,最后两个字像是卡在嗓子眼里,用尽力气才勉强说出来。接着,他用低沉的声音说了下去。

"一开始我都不敢相信自己的耳朵……后来我又想,这都应该怪我……就应该怪我……因为我折磨她,她才沦落到这种地步……我想她一定很痛苦,她那么骄傲……我知道她是那么骄傲……我让律师给她那里的领事写了封信,又寄去了一些钱,但是没有告诉她钱是谁寄的……只要她能回来就好。不久,我接到电报,一切都办妥了,我弄清楚了她的船将在什么时候到达阿姆斯特丹……我心急如焚,提前三天就到了那里。看到轮船烟囱冒出的烟从地平线上冉冉升起时,我更是迫不及待等着它靠岸,待它靠岸、乘客们纷纷从跳板都下来后……我终于看到了排在人群最后面的她……一开始我竟没有认出她来,她涂着厚厚的脂粉……当发现我在岸上等着她时,她的脸唰的一下变白了……如果不是两个水手扶住了她,她早摔倒了……她一上岸,我就跑到了她的身边。我一句话也说不出来……嗓子很干。她……她也没有说话……也没有看我。我打了个手势,让搬运工拿上行李,然后我们动身去了旅馆。突然,她转过身来对我说……先生,如果你能听到她当时的声音,你就能理解我的伤悲,我的心都要碎了……她对我说:'你还愿意让我做你的妻子吗?现在也还愿意吗?'我拉住她的手……她猛地颤动了一下,但没有再说什么。我觉得,一起都好起来了……先生,我是多么幸福啊。回到房间后,我高兴得手舞足蹈,跪在她的脚边胡言乱语……我想我一定说了些又滑稽又愚蠢的话……因为她含着泪笑了,还抚摸着我的头发……当然,她有些怯生生的。这让我很高兴,我的心都要化了……我在楼梯上跑上跑下地点餐……我将此称之为我们的婚宴……帮她换好衣服,然后我们下楼吃啊,喝啊……先生,我向您保证,这顿饭吃得甭提有多开心了。她像个孩子一样,表现得那么亲切,那么友好,还谈起我们的家,谈起怎么重新开始我们的生活……就在这时……"

他的声音突然变得粗粝,他做了个手势,像是要狠狠揍谁似的。

"就在这时……一个服务员……一个刻薄、下流的烂人……他认为我喝醉了……因为我欣喜若狂,像孩子一样手舞足蹈……这都是因为我太开心……太开心了……我付了钱，就像我说的，他以为我喝多了，就少找了我20法郎……我把他叫了回来，让他把余下的钱给我……他很尴尬，就把钱放到了桌子上……然后……特别突然地……我的妻子开始大笑……我看着她，不知所措……她的脸完全变了一个样……被嘲讽、冷漠和愤怒所扭曲。'你还是一点都没变啊……就连我们的婚宴，你都这样吝啬。'她冷冷地说道，可语气中都是对我的怜悯……我埋怨自己为什么要这么斤斤计较……我试图插科打诨，让这件事情过去……但她的快乐心情已经消失得……无影无踪……她坚持要自己开间房……当时我事事都依着她，也就同意了……整个晚上……我一个人躺着……瞪着眼睛琢磨第二天早上应该给她买点什么……要买一个像样的礼物，让她知道我并不小气……至少对她很大方……第二天一早，我就出去买了一对手镯……但是，当我去她房间时，她已经不在了……她走了……跟上次一样。我四下瞧了瞧，看看会不会又留下了字条……我祈祷千万别发生这样的事，可事与愿违，就在那里……就在梳妆台上……搁着一张字条，上面写着……"

他踌躇地停下了脚步，我也不由自主地站住了，盯着

他那张可怜兮兮的脸。他低下头,用沙哑的声音小声说道:

"上面写着:'让我走吧,你让我太恶心了。'"

我们走到了港口。远处,大西洋波涛拍岸的怒号打破了夜的寂静。一艘艘轮船停泊在那里,或远或近,仿若眼睛闪闪发光的大怪兽。我们能听到从远方传来的歌声。一切都模模糊糊的,什么都看不清楚,只能去感受。整个小镇都在酣睡,沉浸在无边的梦乡里。在摇曳的灯光下,他的影子如鬼魅一般,时而变得很长,时而缩到很短。我不想说话,我不知道该怎么安慰他,也没有什么要去问他。这沉默压得我喘不过气来。突然,他抓住我的手,战战兢兢地说:

"可是,没有她,我绝对不会一个人离开这里……几个月之后,我又找到了她……她折磨我,但我是不会走的……先生,我求求你,请你和她谈一谈……她根本不听我说话……我必须让她回到我身边……您跟她谈谈好吗?求您了……先生……帮帮我吧……我不能再像现在这样活下去了,我再也忍受不了眼睁睁地看着别的男人去找她,我知道她是把自己交给了他们,而我却在街上等着,直到他们醉醺醺地大笑着走出来……现在整条街的人都认识我了,当看到我在外面的人行道上等着,他们便嘲笑我……

我快要疯了，可我还是每天都去……先生，我真的求你了，和她谈谈吧……我不认识您，我知道，但看在上帝的分上，跟她谈谈吧……您和她来自同一个国家，您说的话她可能会听得进去。"

我想把胳膊从他紧握的手中挣脱出来，厌恶与反感让我没办法同情他。当觉得我在试图远离他时，他突然跪在马路中间，一把抱住了我的腿。

"求求您了，先生……和她谈谈吧……您必须……必须和她谈谈……要不然会发生可怕的事情……为了找到她，我花光了所有的积蓄，我不会让她留在这里……不会让她活着……我已经买了一把刀，我再也忍受不下去了……先生，我求您了，去和她谈一谈吧……"

他在我面前发疯似的滚来滚去。就在这时，两个警察拐了过来。我猛地把他拉起来。他呆呆地看了我一会儿，然后用完全不同于之前的声音说："在第一个路口右转，走一会儿就能到你的旅馆了。"

他又一次直愣愣地看着我，瞳孔好像融化了，白白的，空洞洞的，很是吓人。随后，他消失了。

我紧紧地裹着大衣，我冷得发抖。我感到困倦，一种醉醺醺的困意，毫无知觉地向我袭来。我想要思考，想要把这些事情好好地想想清楚,但已经困得连眼睛都睁不开了。回到旅馆,像猪一样,倒头就睡了。

早上醒来,我已经分不清哪些是梦,哪些是现实了,而且我心里仿佛有什么东西在抵触着,不愿意把它们弄清楚。我起得很晚,我只是一个陌生城市里的陌生人。我去参观了一个教堂,这座教堂以马赛克风格而享誉世界。但是我的眼睛什么都没看进去,脑子里全是昨天晚上的那件怪事,我不知不觉地就想去寻找那条胡同、那座房子。但是这些小巷只有夜幕降临后才会变得生机勃勃。白天它们都戴着冷冰冰的灰色面具,只有那些经常去的人才能认出面具下面的条条小巷来。不管我怎么找,我都没有找到那条巷子。我身心疲惫地回到旅馆,脑子里不停闪现的图像不知道是我混乱的想象,还是对现实的记忆。

我乘坐的是晚上九点的火车。就要离开这座城市了,我感到很遗憾。挑夫和我一起出发,帮我把行李拿到火车站。突然,在一个十字路口,我认出了通向那座房子的小巷。我吩咐挑夫等我一会儿,我再去最后看一眼昨晚去过的那条巷子。那人会意地跟我笑了笑。

没错,就是这儿。小巷里一片漆黑,和昨晚一样。在暗淡的月光下,那间房屋的玻璃窗户闪着光儿,勾勒出门的轮廓。我想再次走近它，却突然发现黑暗中有一个人影。我认出了他，是昨晚的那个德国男子，他就蜷缩地坐在门槛上，招呼我过去。但是，一阵恐惧向我袭来，我吓得拔腿就跑。我不想卷在这是非里，误了火车。

在拐角处，我又回头望了一眼，刚好看到，那个可怜的男人跳了起来，一把推开了房门，一块金属在他手里熠熠发亮。不知那是钱币还是刀的刃儿？在月光下闪着诡谲的光儿。

家庭女教师

现在,两个孩子待在自己的房间里。灯已经关了,一片漆黑,只有两张床隐隐约约地有点发白。两个孩子的呼吸都非常轻,让人以为她们都睡着了。

"喂!"一个声音轻轻地说。这是那个十二岁的女孩。她怯生生地向黑暗里的另一个女孩发问。

"怎么了?"从另外一张床上传来姐姐的回应。她比妹妹只大一岁。

"你还醒着呢。好极了。我……我想和你聊点事……"

那边没有回应。只听见床上一阵窸窸窣窣的声音。姐姐坐起来了,满怀期待的神情向妹妹望去,她的眼睛在黑暗中闪亮。

"你知道吗……我早想和你说……不过你先告诉我,最近几天你不觉得我们的小姐有点儿奇怪吗?"

姐姐犹豫了，想了一会儿。"是的，"她说道，"可是我也不明白是怎么回事。她不像原来那么严厉了。最近我有两天没做作业，她也没说什么。还有，就是她有点儿那样——我也说不好。反正我觉得她现在好像不管我们了，她老是坐在一边，也不跟我们一块，以前她老和我们一起玩的。"

"看得出她很伤心，只是不愿意让别人知道。她现在钢琴也不弹了。"

又是一阵沉默。

接着姐姐问起妹妹："你不是有事要和我讲吗？"

"是啊，可是这事你得保密，真的不可以告诉任何人，妈妈也好，你的小朋友也好，都不许。"

"我不说，真不说！"姐姐不耐烦了，"到底是什么事呀？"

"哦……就是刚刚，我们上床睡觉的时候，我忽然想起，没跟小姐说'晚安'。我都已经脱了鞋，又跑到她房间那边去，你知道吗？我轻手轻脚地过去，想吓她一下。我小心翼翼地打开房门，我还以为她不在房里呢。灯亮着，可是我没看见她。突然——我吓了一大跳——我听见有人在哭，这时我才看见她穿着衣服躺在床上，头埋在枕头里。

她在抽泣，我吓坏了，浑身紧缩。可是她并没有发现我。于是我又轻轻地把门关上。我不停地颤抖，只好在门口冷静一会儿。在房门外，我还清清楚楚地听见她还在哭呢。就赶紧跑回来了。"

两个人又一阵沉默。一个女孩小声地说："可怜的小姐！"这声音像是在屋子里颤抖，如同一个低沉的音符消逝在空中，接着又是一片寂静。

"我想知道，她干吗要哭？"妹妹又开口说，"这几天她又没跟什么人吵架。妈妈现在也不再没完没了地找她麻烦了。我们肯定也都没惹她生气，那她干吗伤心哭成这样？"

"我倒有点儿明白。"姐姐说道。

"为什么？告诉我，她为什么哭？"

姐姐犹豫了一会儿，最终还是说，"我想，她恋爱了。"

"恋爱？"妹妹惊讶了，"恋爱？爱上谁了呢？"

"你难道一点也没看出来？"

"该不是爱上了奥托吧？"

"不是奥托是谁？奥托难道没有爱上她？他上大学，在咱们家已经住了三年，可从来也没有陪我们出去玩过，为什么这几个月他突然一下子每天都陪我们出去呀？小姐到我们家来以前，他对我，对你有这样亲切吗？可是现在他成天围着我们转来转去。不管是人民公园、城市公园或者普拉特尔，我们跟小姐到哪儿去，都会碰巧遇见他，总是碰巧。你难道不觉得有点奇怪吗？"

妹妹吃了一惊，结结巴巴地说道：

"是……是的，我当然觉得有点怪。可我一直以为，这是……"

她的声音变了。没有继续说下去。

"我开始也是那样想的，我们女孩都挺傻的。可是我还是及时发现，他不过是把我们当作幌子罢了。"

现在两个人都不说话了。沉默中谈话似乎已经结束。

姐妹俩已经陷入沉思或者进入梦乡。

黑暗中，妹妹又一次无可奈何地说："可她怎么又哭呢？奥托不是喜欢她吗？以前我一直认为，恋爱一定是挺美妙的。"

"我不知道，"姐姐迷茫地说，"我原来也一直以为，恋爱肯定是一件非常美妙的事。"

在困倦疲乏中，欲睡的女孩嘴里又一次轻轻地、惋惜地说了句："可怜的小姐！"

然后，屋里终归一片寂静。

第二天早上，她们没有再提这件事情，可是，姐妹俩都感觉得到，两个人的思维都是相同的，脑子里想的都是同一件事。她们两个互相躲避对方，但是，当她俩从侧面打量女教师的时候，两个人的目光又不期而遇了。吃饭时，她们仔细观察奥托，仿佛这个在她们家里住了多年的堂兄竟然像是个陌生人。她们不同他讲话，却在低垂的眼帘下，一个劲儿地斜着眼睛，看他是不是对小姐打暗号。姐妹俩的心都无法平静。吃完饭以后，她们不再去玩，神情紧张而慌乱地摆弄着一些东西。急于想要探听出这个秘密。到了晚上，两个女孩中的一个只是淡淡地随口问了一句，仿佛她对这事无所谓的："你发现什么了吗？""没有。"另一个回答完，就掉过脸去。两人似乎都有点怕谈起这件事情似的。一连持续了几天，两个孩子都默默地观察，迂回曲折的侦查，忐忑不安。不知不觉她们已经感觉到正在接近一个闪烁不定的秘密。

几天以后，一个孩子终于发现，吃饭的时候，女教师暗暗地向奥托使了个眼色。奥托点头回应。女孩激动得颤抖。她在桌子底下伸过手去，轻轻地碰一碰姐姐的手。等姐姐转过脸来，她就冲着姐姐亮了一眼。姐姐马上就明白了，神情立刻不安起来。

她们吃完饭刚想站起来，女教师就对两个孩子说："你们回自己房间先玩一会儿吧。我有点头疼,想休息半个小时。"

两个孩子垂下眼睛。她们小心翼翼地互相用手碰了碰,好像彼此提醒对方似的。女教师刚走,妹妹就跳到姐姐跟前:"看吧,现在奥托要去她房里了!"

"那是!所以她才把我们支开啊!"

"咱们该去她门口偷听!"

"可是有人来了怎么办?"

"谁会来呀?"

"妈妈呗。"

妹妹吓了一跳:"是的,那……"

"我有个办法,你看怎么样?我在门口偷听,你留在外面走廊,要是有人来了,你就给我发暗号。这样我们就安全了。"

妹妹噘着嘴,一脸的不高兴。"你到时候什么也不会告诉我。"

"都告诉你!"

"真的全告诉我?……可不许落下啊!"

"那是当然的,人格担保。听见有人来,你就咳嗽一声。"

她俩在走廊里,哆哆嗦嗦地等着,心情紧张而激动,心脏怦怦直跳。会发生什么事情呢?两个孩子紧紧地挨在一起。

远处传来脚步声,姐妹俩赶忙躲开,转进暗处。果然没错,来的是奥托。他抓住门把,进屋后又把门关上。这时姐姐箭步跟过去,耳朵贴在门上,屏住呼吸,偷听屋里的动静。妹妹好不羡慕地望着这边。好奇心使她惴惴不安,她逃离了自己指定的岗位,悄悄地溜了过来。可是,姐姐生气地把她赶了回去。她只好又等在外面。两分钟、三分钟,在她看来简直像一个世纪一样的漫长。她难以按捺自己焦急的心情,如热锅上的蚂蚁转来转去。姐姐什么都听见了,而她什么都不知道。她又急又气,几乎要哭了。这时那边第三个房间里有扇门关上了,她咳了一声。两人连忙跑开,进入她们自己的房间。上气不接下气地站了一会儿,心跳得非常厉害。

接着妹妹便迫切地催着姐姐:"好啦,快……告诉我吧!"

姐姐沉思中却露出严肃的神情。末了她非常困惑地、像是自言自语地说道:"我真不明白这是怎么回事!"

"什么事?"

"这事真奇怪。"

"什么事……什么事呀!"妹妹着急地把这句话吐了出来。于是姐姐尝试回想刚刚听到的东西。妹妹凑过来,紧挨着她,生怕漏掉一个字。

"这事真的很奇怪……跟我想的完全不一样。我想的是,奥托进了房间以后,一定是想跟她拥抱或者接吻,因为她对他说:'别这样,我有要紧事要跟你谈。'我一点儿也没看见,因为钥匙孔里插着钥匙,不过我听却听得很清楚。'出了什么事啦?'奥托接着问道。真的,我从来没有听见他这样说过话。你也知道,他平时说话总喜欢大嗓门,粗声粗气。可这句话,他却说得低声低气,我马上就感觉到,他好像心里有点害怕。小姐想必也感觉出来,他在撒谎,因为她只是非常小声地说了一句:'你早就知道了这件事。'——'不,不知道,我一点也不知道。'——'是吗?'小姐问道——她是那样悲伤,悲伤极了——'那你干吗一下子不理我了?这八天以来,你没跟我说过一句话,你总是极力地躲着我,也不再带孩子们一起出去了,也不再到公园里来了。在你而言,难道我一下子就成了陌生人了吗?哦,你早已知道,所以你忽然远远地避开我。'他沉默了,后来说:'我快考试了,我得好好复习功课,没时间做其他的。现在也只能这样。'这时,她又开始哭泣了,然后一面哭一面对他说,不过语气说得非常温柔非常动人:'奥托,你干吗要对我撒谎呢?你还是说实话吧,你对我撒谎,这样做实在不应该。我对你没有提过任何要求,可是我们之间得把话讲清楚。你明明知道,我要跟你说什么,我从你的眼睛就看出来了。'——'说什么呀?'他吞吞吐吐地说道,可是声音非常的软弱。这时她就说了……"

小女孩说到这里,突然身子颤抖起来,激动得说不下去了。妹妹更紧紧地偎依着她。"什么……又说了什么呀?"

"这时小姐就说:'我已经有了你的孩子!'"

妹妹像闪电似的吓了一跳:"孩子!一个孩子!这不可能啊!"

"可她是这么说的。"

"你准是没听清楚。"

"没错,肯定没错!她把这话又重复了一遍;他也像你一样,跳了起来,叫道:'一个孩子!'小姐好久没说话,最后问道:'现在该怎么办呢?'后来……"

"后来怎么啦?"

"后来你就咳了,我只好跑开。"

妹妹感到非常不安,眼睛直愣愣地望着前面说:"孩子！这怎么可能呢？她在哪儿有个孩子呢？"

"我也不清楚。这就是我不明白的地方。"

"也许在家里吧……在她来我们家来以前。妈妈为了我们俩当然不会允许她把孩子带来。所以她才这样伤心。"

"不会吧！那时候她还根本不认识奥托呢！"

她俩又一次沉默了，一筹莫展地思来想去，这究竟是怎么回事？希望能找出答案。这让姐妹俩都非常的苦恼。妹妹又开始说道："一个孩子！这是完全不可能的！她怎么会有个孩子呢？她又没结婚。我知道，只有结过婚的女人才有孩子。"

"也许她已经结过婚了。"

"你别傻好不好！总不是跟奥托结的婚吧！"

"为什么……"

姐妹俩面面相觑，一筹莫展，不知所措。

"好可怜的小姐。"两姐妹当中的一个难过地说道。而后她俩反复重复这句话，最后变成一声同情的叹息。同时，好奇心像火苗似的不断燃起。

"是女孩还是个男孩？"

"谁知道呢！"

"你觉得可以吗……要是我去问问她……非常、非常小心地问她。"

"你疯了吗？"

"怎么啦……她不是跟咱们很好吗？"

"你在瞎想些什么呀！这种事情人家是不会和我们说的。在我们面前什么都会瞒着我们的。每次我们一进她屋里，他们就不说话了，然后换个话题，糊弄我们一下，好像我们还是小孩子似的，可我都已经十三了。你不用去问她，她不会和我们说真话的。"

"可我太想知道真相了。"

"你以为我不想？"

"你知道吗？其实我最不明白的就是，奥托居然会一点儿也不知道这件事。一个人有个孩子，自己总是知道的，就像我们，都知道自己的父母一样。"

"他是假装不知道罢了，这个流氓！他老是装假。"

"不过，这种事情他总不会装吧。只是……只是在他想糊弄我们的时候，他才装假……"

这个时候，小姐进屋来了。两姐妹立刻闭嘴不言，假装在做作业。但是她们都从旁边斜着眼睛去瞅她。她的眼睛好像哭红了，声音也比平时低沉而且颤抖一些。两孩子安静极了，她们突然带着一种敬畏目光，怯生生地抬起头来看着女教师。一直在心里想着这件事,"她有个孩子","所以她才这样悲伤"。慢慢地,她们自己也跟着悲伤起来了。

第二天吃饭的时候,她们听到一个意外的消息:奥托要离开她们家了。他对叔叔说,马上就要考试了,他得抓紧复习,在这儿干扰太多。他要到别处去租间房子,住一两个月,考完再回来。

两个女孩一听到这话,激动坏了。她们联想到,这事绝对和昨天的谈话有着某种神秘的联系。凭着她们敏锐的本能,她们觉察到这是一种怯懦的逃避行为。当奥托向她们告别的时候,她们的态度不太友好,竟然转过身去不理他。但是,等他站在小姐面前的时候,她俩又很在意地观察他的神情。小姐的嘴唇微微抽搐,可是她安详地把手伸给他,一句话也不说。

这几天两个孩子完全变了样。她们不玩、不笑,眼睛失去了往日活泼开朗、无忧无虑的光彩。她们内心忐忑不安,无所适从。对周围所有的人都极不信任。她们不再信任别人,怀疑别人跟她们说的话,在每句话里都能发现谎言和阴谋。她们每天都睁大眼睛,察言观色。周围的一举一动都得好好注意。捕捉人家脸上的抽动、说话时的表情和语调。她们如同影子似的躲在别人背后,耳朵贴在房门口，偷听别人讲话。总想抓住点什么东西。她们用尽全力想从自己的肩膀上摆脱用这些秘密织成的黑暗罗网，或者至少透过一个网眼向现实世界望眼一瞥。过去那种孩子般幼稚的信念，快乐无忧的性情已经从她们身上脱落。尔后，她们从背负的秘密中，郁闷的空气里预感到山雨欲来的前兆，生怕错过了这一瞬间。自从她们知道，身边充满谎言，自己也就变得坚韧而有心计，甚至变得诡诈且善于说谎。

在父母面前，她们依然伪装成天真烂漫，稚气十足，一转身就突然变得玲珑机智。她们原来的天性都不在了，变得神经敏感、躁动不安。以前的眼睛散发一种温顺柔和而宁静的光芒，现在却极为炽烈，眼神也变得深不可测。她们在不停止地侦察窥探，始终孤立无援，结果她们变得彼此更加相互依赖。有时候她们感到自己对感情实在一无所知，仅仅强烈渴望得到柔情蜜意，会突然间狂热地相互拥抱，或者泪如雨下。她们的生活看似无缘无故的突然之间一下子充满了危机。

许多折磨她们到现在才有了体会，其中就有一件让她们感受最深。她们沉默不语，心里暗暗拿定主意，小姐如此悲伤，应该尽可能让她心里高兴一点。她们认真努力地做作业，互相帮助，安安静静，没有一句怨言。小姐提出的要求,她们都事先办到。可是这一切小姐一点也没察觉到,这使她们非常伤心难过。在最近这段时间,小姐好像变了个人。有时候,一个女孩子跟她说话,她竟然打了个哆嗦,好像从睡梦中惊醒。她的目光也总要先搜索片刻,才从远方慢慢地收回来。她常常呆坐几个小时,痴痴凝望着远方。孩子们走路就踮起脚尖,免得惊扰到她。她们朦胧中感觉到极为神秘,此刻的她正在想念她那远在什么地方的孩子呢!她们的内心日益唤醒的女性柔情,让她们越来越爱她们柔和温情的小姐。往日的她是那么自信、热情、奔放。现在连脚步也变得谨慎,她的动作也变得更加小心翼翼。孩子们看到这一切变化,感觉到她有一种隐蔽的悲伤。她们从来没有看见她哭过,可是她的眼睛常常是红红的。她们明白,小姐不想在她们面前表现她的痛苦。可她们因此也无法给她提供帮助,这使得她们感到无力沮丧。

有一次,小姐把脸转向窗外,用手绢去擦眼睛,妹妹突然鼓起勇气,轻轻地拉住她的手说:"小姐,您最近总是这么伤心,该不是我们惹您生气了吧,对吗?"

小姐心怀感激地望着她,轻轻抚摸她的秀发。"不,孩子们,不是的,"她说道,"绝对不是你们。"说着,她温柔地吻了吻孩子的额头。

她俩细致入微地观察着,凡在她们目光所及的地方发生的事情,她们一点也没遗漏。这几天里,两姐妹中的一个有一次进屋,就突然听到了一句话。仅仅就是这一句话,让父母亲马上缄默不语了。可是现在每一句话都可能在两人的心里引发上千万个猜想。"我也觉得有些反常,"妈妈说,"我要把她找来问问。"最初小女孩以为这是说她自己,吓得心惊胆战,跑去找姐姐商量对策。可是她们中午的时候才发现,原来她们父母的眼睛一直盯在小姐漫不经心的、迷惘恍惚的脸上,然后交换了眼色。

吃完饭,母亲随口对小姐说了句:"请您待会儿来我房间一趟,我要和您谈谈。"小姐微微地点了下头。孩子们吓得浑身直哆嗦,她们预感到,现在要有什么事情发生了。

等小姐一进母亲的房门,她们就马上跟了过去。把耳朵贴在门上,仔细观察了各个角落,偷听,偷看,对于她们来讲这已经成了自然而然的事了。她们根本不再感到这样做有什么不光彩,有什么丢人,她们一心只想知道:别人不想她们看见、瞒着她们的一切秘密。

她们肆意妄为,侧耳倾听,但是她们只听见窃窃私语的声音,而她们自己却神经质地不住颤抖,生怕自己什么都听不见。

此刻，屋里一个声音越来越大，这是她们母亲的声音。听上去，恶狠狠的，像吵架一样。

"您以为大家眼睛都是看不见，这种事情都没发觉吗？我可以想象得出，凭您这样的思想和品德，您是怎样在守您的本分的，尽自己的职责？我竟然委托这样一个人去教育我的孩子，教育我的女儿，天晓得您是怎样耽误我女儿的教养来着……"

小姐好像反驳了一句。可是她的声音太小，孩子们都没听见。

"花言巧语，都是借口！每个轻浮的女人都有自己的借口。随便碰上个男人就跟了，别的什么也不想。其余的都交给仁慈的上帝来帮忙。这样的人还当教师，还去教育人家的女儿，简直是无耻下流！您总不至于认为，现在这样，我还会继续请你留在我们家里吧？"

孩子们在门外偷听，一阵阵寒气席卷全身，不停地打战。她们一点也不明白，但是听到她们的母亲这样怒气冲冲的讲话，她们感到非常害怕。而小姐唯一的回答只是一阵剧烈的低泣，孩子们的眼里涌出了泪水。可是她们的母亲似乎火气更大了。

"您现在大概只知道哭天抹泪了！这样我也不会心软

的。对于您这种人,我绝不同情。您现在如何,跟我毫不相关。您知道自己该去找谁,心里肯定明白。这事我不想过问。我只知道,一个人下作到毫无责任心的地步,我是无法容忍她在我家里多待一天。"

回答的只有抽泣,绝望、伤心透顶的抽泣。这呜呜咽咽的抽泣像寒热病似的使门外的孩子浑身打战。她们有生以来也没有听见别人这样哭过。她们模模糊糊地感觉到,哭得这样伤心的人是不会有过错的。她们的母亲这会儿不吭声,等待着。末了她突然粗暴地说道:"好吧,我想跟您说的就是这些。今天把东西收拾一下,明天早上来拿您的工钱。再见!"

孩子们一下子从门口逃开,跑进自己的屋里。这是怎么回事?她们觉得这简直是个晴天霹雳。她们脸色苍白、浑身颤抖地站在那儿。她们第一次莫名地感觉到现实生活的真实情况,第一次敢于对自己的父母发泄一种类似愤懑的情绪。

"妈妈这样跟她说话,太卑鄙了。"姐姐咬牙切齿说道。

妹妹听见这句放肆大胆批判的话,吓了一跳。

"可是我们根本一点也不知道,她到底干了什么事。"妹妹结结巴巴地抱怨。

"肯定没干什么坏事。小姐不可能干坏事的。妈妈不了解她。"

"是的,瞧她哭成那样。我听着心里真害怕。"

"是啊,真可怕。可是妈妈还跟她大声吼叫。这真卑鄙,我跟你说吧,这很卑鄙!"

姐姐气得直跺脚,泪水充满了她的眼眶。这时小姐进屋来了。她显得疲惫不堪。

"孩子们,今天下午我有事,你们两个先自己待着吧,好吗?我可以相信你们吧?晚上我再来看你们。"

她说完就走了,丝毫没有觉察到孩子们激动的神情。

"你看见了吧,她的眼睛都哭肿了。我真不明白,妈妈怎么能这样对待她。"

"可怜的小姐!"

这句话一说,同情和眼泪充满了整个房间。她们站在那儿,茫然不知所措。这时她们的母亲进屋来了,问她们想不想跟她一起乘车出去。孩子们应付了妈妈半天。她们怕妈妈,同时她们心里又很生气,小姐要走了,妈妈竟一点儿也不告诉她们。她们宁可单独留在家里。像两只雏燕,在这个窄小的笼子里飞过来扑过去,说谎和沉默已经把她们压抑得透不过气来。她们考虑好久,是否应该跑到小姐的房里去问问她,和她谈谈,劝她留下来,对她说,妈妈冤枉她了。可是她们又怕惹小姐难过。再说她们又感到羞愧:她们知道的,全都是悄悄地躲在门外偷听来的。她们必须装傻,装得就跟两三个礼拜以前不知道这事一样。所以她们只能待在自己房里,度过整个漫长无边的下午,思索着,流着泪,耳边始终回荡着那些可怕的声音,时而是母亲凶狠、冷酷无情的怒吼,时而是小姐悲痛心碎的哭泣。晚上小姐匆匆地来房里看她们,跟她们道了晚安。孩子们看见她走出去,难过得浑身颤抖,她们真想跟她再说些什么啊!可是现在,小姐已经走到门口了,突然间,她自己转过身来——似乎被她们心底的愿望给拉了回来,她的眼睛里含着泪花,湿润而忧伤。她搂住两个孩子,孩子们放声大哭起来;她再一次吻吻孩子们,然后匆匆走了出去。

孩子们泪流满面地站在那儿。她们感到,这是诀别。

"我们再也见不到她了!"一个女孩哭道,"你看吧,等我们明天放学回来,她已经离开这儿了。"

"我们以后说不定还可以去看看她。那她一定会给我们看她的孩子的。"

"是啊,她人多好啊!"

"可怜的小姐!"这一声叹息也是在悲叹她们自己的命

运了。

"没有了她,你能想象吗,我们怎么办?"

"新来个小姐,可我是绝对不会喜欢她的。"

"我也是。"

"谁也不会像她一样对我们这么好。还有……"

她不再往下说。因为从她们知道她有了个孩子起,一种潜意识的女性的柔情让她们对女教师心存敬意。她们两个经常想着这事,现在已经不再是那种孩子气的好奇心,而是深深地感动,充满了同情。

"喂,"一个女孩说,"你听我说。"

"什么?"

"你知道吗,我非常想在小姐走之前,让她再高兴一下。我要让她知道,我们和妈妈不一样,我们都很喜欢她。你愿意吗?"

"那还用说吗?"

"我想过了,她不是特别喜欢白玫瑰花吗,那我可以,你猜怎么,明天早晨上学以前,我就去买几枝回来,然后放到她屋里去。"

"什么时候放进去呢?"

"吃午饭的时候。"

"那她肯定早走了。不如这样，我一早就跑上街去，飞快地把花买回来，谁也不让看见，然后就送到她屋里去。"

"好，明天我们早早起床。"

她们把自己的积蓄取来，把攒的所有钱全部都到在一起。一想到她们有机会能向小姐表达她们无声的、真诚的爱，这让她们心里备感愉悦。

天刚亮，她们就起床了。当她们用微微颤抖的手里拿着盛开的美丽的玫瑰去敲小姐的房门时，没人答应。她们以为，小姐还在睡觉。然后小心翼翼地溜进房去。房里没人，床上的被褥整整齐齐，应该没人睡过。房里别的东西凌乱不堪。在深色的桌上放着几封白色的信。两个孩子非常惊讶。发生什么事了？

"我找妈妈去。"姐姐果断地说道。

她倔强地站在母亲面前，脸色阴沉，毫无畏惧，她问道："我们的小姐在哪儿？"

"在她自己房里吧，还能在哪？"妈妈说道，感到十分诧异。

"她房里没人，被子也叠得好好的没动过。她准是昨天晚上就走了。为什么不告诉我们一声？"

母亲根本没有留意到女儿恶狠狠的、挑衅的口气。她脸色发白,迅速走回自己的房里,父亲马上跑进小姐的房间。

他在那里单独待了好久。孩子们愤怒的目光一直盯着母亲。母亲看起来非常激动,满脸恐慌,不敢面对孩子们的眼睛。

父亲终于出来了,他脸色灰白,手里拿着一封信,和母亲一起回到自己房间,和她低声说些什么。孩子们就站在门外,但是她们突然不敢偷听了。她们怕父亲发怒。他现在的这副样子她们从来也没有见过。

母亲走出房间,看着她眼睛红红、六神无主的样子,孩子们似乎被她们的恐惧所驱使,下意识地迎上前去,想问个究竟。可是她严厉地说:"快点上学去吧,已经晚了。"

孩子们只能去上学。在学校坐了四五个小时,夹在其他的孩子当中,像做梦似的,老师的话一句也没听进去。一放学她们就拼命往家赶。

家里一切照旧,只不过大家的心里似乎都有一个可怕的念头。谁也不说话,可是所有的人,甚至用人,都怀有一种奇怪的目光。母亲向孩子们迎了过来,她信心满怀要跟孩子们说点什么。她开口道:"孩子们,你们的小姐不会回来了,她……"

可是她没敢把话说完。两个孩子的目光闪闪发亮，如此这般咄咄逼人，直视着她的眼睛，以至于她不敢向她们撒谎。她转身就走，快速逃回自己的房间。

下午，奥托突然出现了。家里派人去把他叫回来的，因为有封信是给他的。他的脸色也异常苍白。他心慌意乱，站在哪儿都觉得不合适。谁也不理他。大家都不想见他。他看见躲在角落里的两个女孩，走过去想跟她们打个招呼。

"别碰我！"两姐妹当中的一个厌恶地说，另一个在他面前啐了口唾沫。他狼狈不堪，不知所措，在屋里又转了一会儿，然后就溜走了。

没有人跟孩子们说话，她们彼此之间也不交谈。她俩脸色苍白，惴惴不安，像被关在笼子里的动物，不安地从一个房间走到另一个房间，两人一会儿又碰在一起，用哭肿了的眼睛你看我，我看你，一句话也不说。她们现在什么都明白了。她们知道，别人都在欺骗她们，所有人都可能是坏蛋，卑鄙无耻，谎话连篇。她们不再爱自己的父母，不再相信他们。她们知道，今后对谁也不能信任，可怕的生活的全部重担今后都将压在她俩瘦弱的肩上了。她们好像一下子从欢乐安适的童年时代跌进了万丈深渊。她们现在还不能理解自己身边发生的这件可怕的事情。但她们的思想恰巧卡在这里，几乎要让她们窒息。她们的面颊炙热通红，她们的眼神凶狠愤怒。徘徊在孤寂之中，她俩心冷得像是结了冰。她们看人的样子是非常的可怕，谁也不敢跟她们说话，包括她们的父母在内。她们不停地在屋里走，看得出来她们内心焦躁不安。虽然她俩彼此不说，但是都由衷地感到悲哀。沉默，一种参不透、摸不准的沉默，一种执着的、没有呐喊也没眼泪的痛楚，深埋在心里，让她们跟谁都无法亲近，对谁都仇视不已。谁也无法靠近她们，通向她们心灵的通道已经阻断，也许再过多少年都不会畅通。她们周围的人都觉得，她们是敌人，是两个再也不会原谅别人的坚定的敌人。因为从那天起，她们就已经不再是孩子了。

就在这天下午，她们长大了好几岁。直到晚上，回到她们自己单独黑暗的房间里的时候，儿童的恐惧才在她们心里苏醒，那是对孤寂的恐惧，对死人画像的恐惧，以及对模糊的事物充满了预感的恐惧。全家上下一片慌乱，竟忘了给她们房间里生火。她们冷得爬上一张床，哆哆嗦嗦地钻进一条被子，用她们瘦弱的胳膊紧紧地搂在一起，修长的、还没有发育完全的身体互相依靠，仿佛因为害怕而在寻找援助。但是，她们一直不敢说话。终究，妹妹还是哭了起来，姐姐也跟着抽抽搭搭地哭起来。两个人紧紧相拥痛哭。热泪先是缓缓地滴落，而后畅快地哗哗流下，打湿她们的脸颊。她俩胸贴着胸，哭成一团，彼此应和着对方的哭泣。在黑暗中两个人有着相同的痛苦，好似变成一个人在悲泣。她们现在已经不是在为她们不幸的小姐而痛哭，也不是在为她们即将失去父母而痛哭，而是一种剧烈的恐惧震撼到她们。对这个陌生世界里可能发生的一切，她们感到害怕。今天，已经心惊胆战地向这个世界投了可怕的一瞥。她们现在已经踏入恐惧的人生，这个人生像片阴暗的森林，耸立在她们面前，昏暗、阴森，这使她们望而生畏。可是她们必须去穿过这片森林。渐渐地，她们混乱的恐惧变得越来越模糊，几乎像梦幻一般，她们悲伤的抽泣声也越来越轻微。她们的呼吸缓慢柔和地融成一体，就像刚才的眼泪流在一起。就这样，她们终于沉入了梦乡。

里昂的婚礼

1793年11月12日，针对发动叛乱、终被攻克的里昂城，巴雷尔在法兰西国民公会上提出了那项杀气腾腾的提案并以强有力的两句话结尾："里昂反对自由。里昂不复存在。"他要求，拆除里昂城里全部房屋，把这叛乱之城夷为平地，城中的所有建筑物都化为灰烬，城名将被废除。八天来，国民公会对这一彻底摧毁法兰西第二大城市的提案迟迟不予表决。即便是法令签署后，人民代表库东也只是采取拖延的态度来对付这道杀人放火的命令，他心里明白，知道罗伯斯庇尔会默许他的这种态度。他装模作样，虚张声势地将浩浩荡荡的民众召集到贝勒库尔广场上，场面极其壮观。他用银锤象征性地敲击着那些决定毁掉的房屋，可是对建造得富丽堂皇的门面却迟迟不肯下手，而断头机用得更少，那咯吱作响的闸刀更是少见落下。这出乎意料的温和态度让这座遭受内战、饱受数月残酷围剿的城市从动荡惊惶中又缓过劲来。人们敢于再次暗抱一线希望。可当这位心慈手软、执行力差的民众领袖被突然召回，取而代之的是身披人民代表的佩带、出现在阿弗朗西城的科洛·德赫布伊斯和富歇时——在共和国的法令中，里昂城从此更名为阿弗朗西。于是，一夜之间，人们原本误以为仅仅是慷慨激昂用于恐吓老百姓的敕令，变成了严峻可怕的现实。"这里迄今为止，毫无行动。"为了证明自己的爱国主义热忱，表达对温和前任的质疑，两位新上任的领袖迫不及待地向国民公会告状，并马上开始了对这项残酷法令的执行。"里昂的刽子手"富歇，日后当了奥特朗托公爵，这位合法原则的捍卫者很不喜欢人家向他再提这些往事。

现在拆除房屋不再是用镐头一下一下地慢慢挖掘，取而代之的是火药。把最富丽豪华的房屋一排一排地炸毁。不再用"极不可靠，不复需要"的断头机来行刑，而是用霰弹扫射，上百名犯人被集体枪决。司法机构每天收到新的法令，行动也变得异常严厉，手段日益狠毒。他们每天大肆屠杀无辜，就像镰刀割麦穗一般把大批无辜民众杀死。感觉把尸体装进棺材挖坑掩埋太过费事，干脆就抛入迅急奔流的罗讷河卷走。几座监狱早已人满为患，已装不下大量的嫌疑犯，于是公共建筑的地下室，学校和修道院也用来关押犯人。毫无疑问，这只是短暂的收容，因为死神的镰刀很快就会向他们砍过来，同一个人躺在同一块草堆上取暖、挨过一夜以上的人都少得可怜。

在这血淋淋杀戮之月的某一天，天气寒冷凛冽。市政厅地下室里又来了一批犯人，暂时关押在一起。他们相处时间极为短暂。中午时分，这些犯人被挨个带到政府委员面前，随便询问了几句，命运就成为定局。现在，这六十四名死囚，有男有女，杂乱地坐在低矮的有拱顶的地窖里。那里昏暗潮湿阴冷，弥漫着酒桶和腐物的霉味儿。前屋壁炉里的点点火苗，与其说能给这幽暗的地窖取暖，倒不如说只给地窖增添了一抹红色阴影。大部分犯人都漠然地躺在各自的草垫上，另一些人则凑在这里唯一的一张木桌旁，借着微弱摇曳的烛光，匆匆写着遗书。因为他们知道，自己的生命比这冰冷地窖中闪着蓝色幽光的蜡烛还要更早地结束。所有的人在说话时都压低了嗓音，几近于跟耳语似的。从大街上传来的轰隆隆的炸药爆炸声，以及随之而来的哗啦啦的屋墙的倒塌声，在冰冷寂静的地窖中都听得一清二楚。可这些遭受厄运折磨的人们因为打击来得太过突然，已经完全丧失了感受和清晰思考的能力。黑暗中的大多数人，就像到了已经为自己掘好的坟墓边上似的，神情麻木，一动不动、一言不发地蜷缩在那里。他们不再关心周围的世界，他们已心如死灰。

接近晚上七点时，门口突然传来一阵杂沓的脚步声。枪托叮当作响，生锈的门闩被打开，发出尖厉刺耳的声音。大家不由自主抬起头来，吃了一惊：难道他们最后的时刻已经来临？莫非一反常态，连挨过一夜的那点儿可怜的时间也不再给囚犯吗？从敞开的门那里吹进一阵寒风，蜡烛蓝色忧郁的火苗跳跃着，像是要摆脱蜡烛，凌空飞去。人们在这颤动的烛光中对即将来临的一切都充满恐惧。但很快，他们便从惊恐中镇定下来，因为狱卒不过是又带来了一批犯人，大约二十来个。这些人没有被特别指定位置，他们默默地走下台阶，进入拥挤的房间。之后，沉重的牢门又被轰然关上。

先来的犯人目光并不友好，他们打量着新人，因为在人们的天性中，有个奇怪的现象，不论在哪里，都想快速地适应了新的环境、哪怕只是匆匆的过客，也希望能享得一时的舒坦，仿佛这是他们的权利似的。所以，先来者已不由自主地把这潮湿的地窖、发霉的草垫、壁炉旁的一席之地当成了自己的私有财产。而每一个新到的人在他们眼里都是要跟他们争抢地盘、瓜分利益的闯入者。同时，新来的这批犯人也明确地感觉到了先来的那些囚犯的含有敌意的目光。尽管这种敌意在临刑前已显得毫无意义。因为说来也怪，同是天涯沦落人，他们跟这些先来者既不打招呼也不交谈，既不要求分用桌子也不要求分得草垫，只是沉默不语、郁郁不乐地蜷缩在一边的角落里。寂静一直笼罩着这里，本来已经就够让人难受的了。现在因为这无谓的挑衅而带来的紧张空气则使这地窖显得更加阴森恐怖了。

就在这时，一声呼喊仿佛来自另一个世界：悦耳、爽朗。这是一声响亮、发着颤音的呼喊，它打破了这儿的寂静，以不可阻挡之势，令这些行将就死的人们从死水枯木般的心境中惊醒过来。一个姑娘，就是刚刚和别的囚犯一起进来的一个少女，突然不顾一切地跳了起来，像是要跌倒似的向前伸出双臂，声音颤抖地喊着"罗伯特！罗伯特！"直扑向一个年轻男子。而那个隔着几个犯人靠在铁窗边的男人也闻声向那少女奔了过来。紧接着这两个年轻人紧紧地拥抱在一起，像是两股火焰一下子合在了一起那样，热烈地相吻着。激动的泪水滚滚而下，浸湿了他们彼此的脸颊。他俩的啜泣声回荡着，就像是发自同一个爆裂的咽喉。稍事喘息后，他们才意识到这一切是多么令人难以置信，不由得陷入极度的惊恐之中。但马上，他们就更加热烈地再次拥抱对方，同时一个劲儿地哭着，说着，嚷着，旁若无人地完全沉醉在无限的爱的情感当中。狱友们十分惊讶，此时他们也来了精神，慢慢向这对年轻人靠了过来。

原来姑娘和这位市政高官的儿子罗伯特·德·L，两人是青梅竹马，几个月前刚刚订婚。教堂里已经张贴了他们的结婚公告，可他们婚礼的日子恰巧是公会的军队进攻里昂城引发血雨腥风的那一天。姑娘的未婚夫奉命在佩西将军的队伍里和共和国的军队作战，他有责任陪同保王党的将军去进行殊死突围。几个星期以来，未婚夫音信全无，姑娘壮起胆子，暗存希望，盼着他已幸运地越过边境，安全抵达瑞士。可突然，市政文员却告诉她，他躲在一个农家田庄里，被密探揭发，昨日已经被押送革命法庭。勇敢的姑娘一听说未婚夫被俘，无疑会被判处死刑，马上做出了常人完全不可能做到的事。也是只有女人在极端危急时刻才会拥有的勇气和能量，她亲自闯到难以接近的人民代表身边，乞求人民代表，为她的未婚夫开恩。她跪在科洛·德布瓦脚下，科洛却态度粗暴地一口回绝，并表示决不饶恕叛徒。接着她又一刻不停地找到富歇，此人心肠冷酷比科洛·德布瓦更甚，手段也更为狡诈。他看见这位绝望的姑娘，本来心生同情，但为了遏制自己的阴暗欲望，便谎称他很愿意为她的未婚夫伸出援手。可就在此时，这位老奸巨猾、谎话连篇的家伙却透过手里的长柄眼镜，向一张毫不相干的纸上瞥了一眼，然后对她说他看见今天上午罗伯特·德·L……似乎已在勃罗托的田野上被枪决了。这个诡计多端的家伙完全把姑娘蒙骗了：她马上相信自己的未婚夫已经死了。可她并没有像一般女人那样沉溺于无助的痛苦之中，而是扯下头上的革命徽章，扔在地上，双脚猛踏上去。她已将生死置之度外，她大声叫嚷着，声音穿过所有敞开的房门，到处都听得见。他骂富歇和那些匆忙赶来的手下全是卑鄙的嗜血鬼、暴徒、刽子手和胆小如鼠的罪犯。还没等士兵们把她捆绑起来拖出房间，她就听见富歇在向他的麻脸秘书口授她的拘捕令。

这位刚烈的姑娘以愉快的口吻向周围的人讲述所有发生的一切——她觉得无足轻重，已经毫不在意。相反，一想到马上就能追随他死去的未婚夫，她就感到心满意足、无比欣慰。一切转瞬即逝，这样的感觉透过她的全身，使她暗自高兴。审讯时她干脆没有回答任何问题。是的，甚至当看守将她和后来的犯人们一起推进监牢，她也不为所动,连眼皮都没抬一下。这个世界上还有什么东西值得留恋?她的心上人已死,而她正在通向死亡的道路上,幸福正在向她靠近。那么,这个世界上还有什么事情让她牵挂?就这样,她漠然地坐在角落里,直到她的目光适应了屋里的黑暗,注意到那个与众不同的青年。他靠在窗口沉思着,他那眺望远方、出神凝视的神情和她的爱人何其相像!她极力克制自己不要有这种荒谬虚妄的想法,却不由自主地站起身来。就在这一刻,那个青年走近了烛光。她大吃一惊,真不明白在这魂飞魄散的一刹那,她竟然没有昏死过去。因为她清楚地感觉到,当她突然看见本以为死去的未婚夫活生生地出现在她面前时,她的心脏好像快要跳出胸膛!事后,她说起来还是激动不已。

姑娘用她那飞快的速度急急忙忙地讲着这番话,此刻,她的手一直紧握着她心爱人的手,一下也不松开,像是仍不敢相信心上人就在她身边一样。她依偎着他,一次次不住地拥抱他。这动人的一幕,两个年轻人所表现的真挚情意,以奇妙的方式震撼了在场的狱友。这些刚才还麻木、疲惫、冷漠而紧锁心扉的人们,现在热情洋溢地簇拥着这对奇特地结合在一起的情侣。他们极不寻常,特殊的遭遇让大家忘记了自己的命运,每个人都有一个强烈的愿望想跟他们说几句关怀、赞赏、甚至同情的话，但这位情绪激昂的姑娘却以她那欣喜的自豪感神气地拒绝接受任何怜悯与惋惜。她说，不，她是幸福的，非常幸福，一种纯粹的幸福。因为她知道，她将和她的爱人一起赴死，谁也不必为对方悲伤哭泣。只是她还有一个遗憾，那就是她不得不带着她娘家的姓，而不是作为他已经婚配的妻子，和他一道去见天主。

　　姑娘的这番话说得坦诚质朴，纯洁无瑕。似乎刚一说完，就已经全部忘记。她一次次依偎、热烈拥抱自己的爱人，所以根本没觉察到，罗伯特的一位战友被她的愿望深深感动，已经小心翼翼地溜到一旁，开始和一位年长的男子轻声耳语。他似乎说了些让人吃惊的话，乃至对方非常震惊，马上挣扎着站起来，艰难挪步走向这对情侣，对他们说，自己打扮成农民的模样，是为了让人辨认不出他是位来自图尔农的拒绝宣誓的神父。他因人告密而被捕，所以来到这里。尽管他现在没有穿神父的衣服，但他心里依然意识到自己所担负的职务和他作为神父的权利。既然他俩的结婚公告早已经宣布，而他们的判决又让婚礼刻不容缓，那么他愿意冒险，马上满足他们这一完全合法的强烈愿望，此时此刻，在这里让所有的狱友和无处不在的天主作证，来一起见证他们结为夫妻。

年轻的姑娘做梦也想不到，她的愿望能够又一次实现。那原本是不可能实现的愿望啊！惊诧不已的她疑惑地望向她的未婚夫，而她的未婚夫则以一道灿烂耀眼的目光作答。于是姑娘屈膝跪在坚硬的石板地上，亲吻了神父的手并请求他就在这间简陋的屋里为他们举行婚礼，因为她此刻感到她纯洁的思想已完全被神圣的感情所占据。而那些在场的人听到这阴森的死牢将瞬间变为教堂，内心深受震撼，他们情不自禁地被新娘的激情所感染，赶紧分头忙碌起来，以此来拼命掩饰自己激动不已的心情。男人们搬来为数不多的几把椅子，将它们摆好。在一个铁制的钉在十字架上的耶稣像旁边把几支蜡烛排成笔直的一行，就这样凑合着把一张桌子布置成一个祭台。女人们则匆忙用仅有的几朵花编织成一顶简陋的花冠，戴在姑娘头上。那些花是他们入狱时，路上的好心人相送的。其间，神父将一对新人带进旁边的房间，先为新郎，再为新娘都做了祷告。等一对新人走向临时的祭台时，屋内顿时鸦雀无声。有好几分钟，屋里静得出奇，突然，门外的看守打开牢门，走进屋来。他以为发生了什么可疑的事情，一看见屋内正准备着一件特殊的事情，他那黝黑的面孔不由自主地神情严肃，充满敬畏。他没有打断他们,而是站在原地,成了这场不寻常婚礼的一个见证人。

神父走到桌前,简短地宣讲道:如果人们想谦卑地在天主面前相互结合的话,教堂到处都是,祭台哪里都有。他屈膝跪下身来,所有在场的人也跟着跪了下来。室内是那样的宁静,连微弱的烛火也纹丝不动。接着,神父在一片肃穆中问道,你们两人是否愿意生死与共,永远结合。他们坚定地回答:"愿意生死与共。"这个"死"字,刚才还令人不寒而栗,此刻却不再恐怖,而是清晰嘹亮地回荡在寂静无声的房间。最后,神父将他们俩的手叠放在一起,庄严地说道:"现在,我奉圣母圣教会之命,以圣父、圣子、圣灵之名宣布你们正式结为夫妻。"婚配仪式到此结束。新婚夫妇亲吻了神父的手。犯人们则一个个拥上前来,每人都要向他们说一句发自肺腑的话来表达自己的心意。这一刻没有人再想到死,即便是感觉到死的人,也不再那么恐惧了。

这时,婚礼上做证婚人的那位朋友又和另外几位狱友轻声低语了几句,很快,他们就又重新开始忙起了别的事情。男人们把草袋从旁边的小屋一件件搬了出来,新婚夫妇对屋里忙乱的情景丝毫没有觉察,他们依旧沉醉在梦幻般的婚礼之中。当那位朋友走向他们并微笑着告诉他们，在他俩新婚大喜的日子，他和狱友们很想赠送新人一件礼物，可是性命都难保的人哪来什么尘世的礼物可以馈赠？所以他们只想将一件能让新婚夫妇高兴又觉得珍贵的礼物赠予他们，那就是让他们安静地单独度过这新婚之夜，这最后一夜。他们宁愿自己在外屋再挤一挤，也要腾出这间小屋，好让它完全属于他们俩。那个朋友又补充了一句："充分利用这有限的几小时的时间吧。生命流逝，一去不返。在这样的时刻还能有幸拥有爱情的人，当好好享受它。"

姑娘羞得满面通红，一直红到发根。她的丈夫却注视着他的朋友并感激地握住了他的手。他们什么都没说，只是默默地互相凝视着。随后，男人们都自动排在了新郎身边，女人们则排在新娘身边，大家神情庄重，举着蜡烛，护送一对新人进入那间从死神手中借来的陋室。由于内心充满激动和同情，这些人竟在无意之中行起了这一最古老的婚礼仪式。

接着，他们在新婚夫妇身后轻轻地关上房门。没有人对他俩即将度过的新婚之夜说一句失礼的话，或开一个庸俗的玩笑。因为他们知道，他们对自己的命运无能为力，却能分给他人一些幸福，一种特别神圣的感情便无声地弥漫在他们之间。在他们的内心深处，都对这场婚礼充满感激，它使他们暂时不再去想自己无法改变的命运。于是他们各自分头躺在黑暗中的草垫上，或梦或醒，直至天明。在这间拥挤得透不过气的牢房，几乎没有再响起一声叹息。

到了第二天早上，当士兵们进来准备把这八十四名囚犯带上刑场时，发现这些人都早已经醒来，并且一切准备就绪。只是新婚夫妇的那间陋室仍旧寂静无声，甚至连枪托撞击的沉重响声也没能把他们从疲惫不堪中惊醒。婚礼的证婚人赶紧轻手轻脚地推门进去，以免刽子手粗暴的叫喊把这对幸福的新人吵醒。他们正躺着，轻轻相拥，新娘的手似乎忘记从新郎的脖颈下抽出。这位好心的朋友不忍搅乱属于他们的安宁，因为即使在深沉的睡梦中，他们的脸上仍然洋溢着甜蜜幸福的光彩。但他不能迟疑，得赶紧叫醒他们，提醒他们身在何处。他伸手去摇新郎，新郎迷迷糊糊地睁开双眼，猛然想起自己的处境，一下子清醒过来。他温柔地将新娘扶起。新娘像个孩子，被这突如其来的冰冷现实一下子惊得完全醒了。不过，接着她却会心地笑了，对他说："我已经准备好了。"

两位新人手拉着手走向屋外，大家都不由自主地闪向两边，为这对牵手的恋人让路。于是无意中他们就这样走在了这队迈向死亡的犯人们的前面。尽管人们对每日要押送到刑场的囚犯们早已习以为常，但今天，人们还是惊愕地目送这支奇怪的队列渐渐远去。因为走在队伍前列的两人，一位青年军官，一位头戴新娘花冠的姑娘，脸上流露着无比喜悦和幸福的神情，他们就像是在迈向天堂一样，即便是麻木的心灵也对这其中蕴含的崇高和勇气充满敬畏之情。而队列里的其他人也不像平日的死囚那般脚步踉跄、步履蹒跚，而是心怀坚定不移的信念走向刑场，每个人的热烈的目光都是紧盯着队首那两位曾经三次实现了不可能实现的愿望的人。在这两个幸福的人身上，想必仍会再次发生奇迹。这最后的奇迹，必定会使他们大家在九死一生的绝境中获救。

然而，人生中奇妙之事虽常有发生，但真正的奇迹却不常见：当时在里昂城中习以为常的事情还是发生了。囚犯们被带过大桥，到达勃罗多那片泥泞的沼泽地，早已等在那里的十二队步兵，平均有三支步枪的枪筒瞄准着一个人。囚犯们被排成一列，随着子弹一梭梭连发，他们应声倒下。接着，士兵们把血淋淋的尸体扔进了罗讷河。罗讷河湍急的河水麻木无情地将这些陌生人的尸体连同他们的命运一道冲向河底。只有那顶新娘的花冠没有随着新娘一起沉入河底，它漫无方向，非常诡异地在翻滚奔流的河面上漂浮了一阵子。最终这顶花冠和那段记忆一道都消失得无影无踪。关于那个从死神手里夺得的、值得纪念的新婚之夜，也早已被人遗忘。